KB235348

쿠바, 그 아름다운 결핍

쿠바, 그 아름다운 결핍

글·사진 이 영
발행일 2010년 7월 15일 초판 1쇄
펴낸인 양근모
펴낸곳 도서출판 청년정신
등 록 1997년 12월 26일 제10-1531호
주 소 경기도 파주시 교하읍 문발리 535-7 세종출판벤처타운 408호
전 화 031) 955-4923~7 팩 스 955-4928
이메일 pricker@empal.com

쿠바, 그 아름다운 결핍

글·사진 이 영

미쳤거나 혹은 미쳐가거나

"불볕더위가 맹위를 떨치는 8월에는
미친 사람들, 시인들, 사랑에 빠진 사람들만이 활동한다.**"**

세익스피어의 말대로라면 난 시인도 아니고 사랑에 빠지지도
않았으니 분명 미쳐가는 중이었을 거다. 그렇지 않고서야 그
곳에 가진 않았을 테니.
그 사람을 속속들이 알고는 사랑에 빠지지 못한다고 했다. 6월의 쿠
바를 알았다면 절대로 6월에 쿠바를 가는 일은 없었을 것이다.
몰랐기에 갔고 그래서
쿠바에 빠질 수 있었다, 깊이.

차례

SNTS
SIND. M
de la
Salu
Holguín
SIEMPRE ADELA

사람만큼
뜨는
쿠바의 태양

아바나
바라데로
비날레스
피나르델리오
산타쿨라라
시엔푸에고스
시에고 데 아빌라
후벤투드
트리니다드
까마구웨이
올긴
바야모
바라코아
관타나모
시에라 마에스트라 산맥
산티아고 데 쿠바

6월, 쿠바의 태양

동네마다 얼음가게가 있었다. 사과상자만한 얼음 덩어리를 원하는 크기만큼 톱으로 잘라 팔았다. 그 얼음 조각을 새끼줄로 묶어 집으로 가지고 와선 바늘을 꽂아 부엌칼 옆구리로 살살 치면 조그맣게 깨진다. 그렇게 깬 얼음으로 수박화채를 해서 온 식구가 둘러앉아 먹었다.

에어컨도 냉장고도 선풍기도 없던 나 어릴 적 여름 풍경이다. 먼 옛날의 이야기일까?

쿠바는 40여 년 전 우리가 살았던 풍경과 비슷했다. 무더우면서도 물 사정이 좋지 않아 졸졸 흐르는 물을 받아 샤워를 해야 했고, 규모가 큰 식당에도 에어컨이 없었다. 어디를 가도 더웠고, 지저분한 환경은 아니었지만 방충망이 없어 파리가 극성이었다. 숙소에 들어오면 나가기 싫었고 차에 앉으면 내리기 싫었다. 단지 에어컨 때문에.

쿠바의 태양은 사람 수만큼 뜨는 것 같았다. 6월, 쿠바의 더위는 상상 그 이상이었다.

여행기간 내내 숙소를 정하지 않고 움직였다. 그 덕에 숙소를 찾느라 많은 시간을 허비하고 고생했지만 그런 고생을 감수하면서도 숙소를 정하지 않았던 데는 내심 기대하는 게 있었기 때문이다. 마치 우연처럼 마음이 맞는 쿠바 사람을 만나 그들의 집에서 머물며 교감하고 싶었던 거다. 돈으로 맺어진 관계를 벗어나 쿠바 친구를 만나고 싶었다고 할까. 그러니까 그들의 생활 속에서 잠시나마 살아보고 싶었다.

가진 게 별로 많지 않은 나지만 그들에게 필요한 것이 있다면 주고도 싶었다. 컴퓨터가 귀한 곳이라고 들어서 가지고 간 넷북을 주고 올 생각까지도 했다. 일기를 쓰고 사진을 다운받기 위해 가지고 갔던 거지만 혹 만나게 될지도 모를 쿠바 친구를 위한 선물이 될 수도 있었던 셈이다. 사진을 저장하기 위한 외장하드를 하나 더 챙겨 갔던 건 그 때문이었다.

하지만 그게 얼마나 무모한 생각이었는지 깨닫는 데는 일주일도 채 걸리지 않았다. 우선 허가를 받은 까사파티쿨라(민박)가 아니라면 그 어느 집에서도 잠을 잘 수가 없다. 법이 그랬다. 처음엔 아무도 모르게 지내면 되는 거 아닌가 싶었고, 까사에 줄 숙박비를 그들에게 주는 것도 나름 의미 있는 일이라 여겼지만 그럴 수 없다는 걸 금방 깨달았다.

에어컨 없는 방은 생각할 수도 없다. 집집마다 선풍기가 있는 것도 아니고 냉장고가 있는 것도 아니다. 어쩌다 만난 '친구'네가 냉장고도 없고 선풍기도 없는 집이라면 도무지 버텨낼 자신이 없었다. 더구나 물조차 마음껏 쓸 수 없다는 건 재앙에 가까운 일이다.

여행의 질서

"지금은 내가 너를 돕지만 다음에는 네가 나를 돕게 될 것이다."

처음 이 말을 들었을 때, 나는 고속도로에서 철학자를 만난 줄만 알았다. 쿠바 도착 이튿날, 아바나 시내를 돌다가 길을 잘못 들어 고속도로를 달리고 있을 때였다.

본래 우리는 아바나에서 비냘레스를 거쳐 트리니다드까지는 대중교통과 택시 그리고 비아술(장거리 버스)을 이용하고, 대중교통을 이용하기 곤란한 나머지 도시는 렌터카로 돌아볼 계획이었다. 공항에 내리자마자 렌터카부터 알아보았는데, 가장 작은 차가 하루 55세우세(CUC, 쿡-쿠바 태환 페소). 렌트 가격은 열흘 단위로 달랐고 렌트 기간이 길수록 가격이 낮아진다. 하루 55세우세짜리 차가 한 달을 계약하면 40세우세로 낮아지고, 전체 금액에서 100세우세를 추가로 할인해준다.(이

아침에 일어나면

밤새 나를 기억한 문자 한 통 와 있었으면 좋겠다.

로그인을 하면

나를 생각한 메일 한 통 와 있었으면 좋겠다.

기다림이 유난한 그런 날이 있다.

'검은 할인금'에 대해선 따로 이야기하겠다.)

일행은 넷, 짐도 만만치 않았을 뿐 아니라 쿠바를 크게 한 바퀴 도는 일정이어서 교통비 부담이 컸다. 넷의 교통비를 계산해보니 렌트 가격과 비슷했다. 쿠바 전역을 돌아볼 경우 한 달이란 시간도 넉넉한 게 아니었다.

계획을 바꿔 차를 렌트하기로 했다. 차는 아토스였다. 트렁크엔 배낭 셋이 겨우 들어갔다. 나머지 배낭 하나는 뒷자리에 넣고 사람도 짐처럼 구겨져서 앉아야 했지만 벤츠도 부럽지 않았다.

길을 잘못 접어들긴 했어도 고속도로를 달리는 기분은 좋았다. 차가 드문 나라여서 그런지 고속도로엔 차보다 사람들이 더 많았다.

쿠바 사람들은 한두 시간 거린 그냥 걸어 다닌다. 특별히 걷는 걸 좋아해서가 아니라 대중교통이 절대적으로 부족한 탓이다. 그러다보니 도로마다 넘쳐나는 게 히치하이커들인데, 그들을 모른 척 하고 지나가는 게 영 마음이 편치 않았다. 하지만 우리만으로도 아토스는 이미 만원이었다.

비행기에서 희고 선명하게 내려다보이던 그 길을 달린다는 생각에 즐거웠지만 아무리 달려도 아바나로 가는 이정표는 보이지 않았다. 우린 한 시간이 넘도록 고속도로를 달리고 있는 중이었다. 이러다 갑자기 트리니다드라도 나타나면 어떻게 하지? 차를 세우고 길을 물었다.

아주 유창하지는 않았어도 가벼운 대화는 가능할 정도로 스페인어를 구사하는 D가 나섰다.

지도를 펼쳐들고 우리의 목적지로 가는 길을 물으니 잠깐 지도를 들여다보던 여자가 말했다.

"네 지도는 잘못 되었어. 그리고 거기로 가는 길은 말로 알려주기 곤

여행을 앞두고

언어를 배우는 사람이 있고 역사를 배우는 사람이 있고

관광지를 익히는 사람이 있고 문화를 공부하는 사람이 있어.

길에서 만난 그들은 참 다양하더군.

그래서 여행은 떠나볼 만 한 걸 거야.

란한 곳이야. 내가 직접 네 차를 타고 가면서 알려주고 싶은데, 어때?"

자기는 지금 학교에 가는 길인데, 아바나로 가는 이정표가 있는 곳을 알려줄 테니 그곳에서 자신을 다시 학교까지 데려다 달라는 거였다. 조금 마음에 걸렸지만 뙤약볕에 걸어가는 그녀가 안돼 보이기도 해서 태웠다.

그녀는 수영 선생이라고 자신을 소개했다. 체육 특기생들만 다니는 학교가 따로 있고, 쿠바의 다른 학교들처럼 교육비는 '피델'이 준다고 그녀는 말했다. 이들은 정부가 지원하는 걸 피델이 해준다고 표현한다.

쿠바는 언제 왔느냐, 마음에 드느냐, 아바나 다음엔 어디로 갈 예정이냐, 대화는 끊이지 않았다. 겨우 하루를 지낸 쿠바지만 사람들이 무척 친절하다는 인상을 받았다. 그녀에게도 친절하게 도와줘서 고맙다 인사했더니 "지금은 내가 너를 돕지만 다음에는 네가 나를 도울 일이 있을 것이다"라는 멋진 말을 한다.

저만큼 앞에 갈림길이 나오고 아바나 이정표가 보였다. 그녀가 차를 세우게 하더니, 생글생글 웃으며 말했다.

"자, 이제 네 문제는 해결됐지? 하지만 난 걸어서 돌아가기엔 집에서 너무 멀리 왔어. 그러니까 네가 택시를 불러주면 좋겠어."

정말 너무 고마워서 택시든 뭐든 다 불러주고 싶었다. 하지만 우리에겐 휴대폰이 없었다.

"우린 휴대폰이 없어서 택시를 부를 수가 없거든. 그러니까 그냥 우리가 너네 집까지 데려다주는 건 어때?"

정말로 그녀를 편안하게 집에까지 태워다주고 싶었다. 그녀는 한사코 사양했다.

"내가 택시를 부르면 그건 또 택시기사에게 도움을 주는 거니까, 그렇게 해줬으면 좋겠어."

오호, 그렇게나 깊은 뜻이! 그러나 어쩌랴, 우린 휴대폰이 없는 것을. 그녀가 우리의 곤란한 처지를 생각해주는 것처럼 말했다.

"아, 그건 걱정하지 마. 넌 그냥 내게 25세우세만 주면 돼."

"세우페(CUP, 쿱-내국인용 쿠바 페소)?"

잘못 알아들은 줄 알았다. 그녀는 또박또박 힘주어 말했다.

"25세우세!"

할 말을 잊었다.

이중화폐를 쓰는 쿠바 의사의 한 달 월급이 20세우세 정도다. 엔지니어의 월급은 대부분 400세우페 정도. 우리가 머무는 동안 1세우세는 24세우페였다. 그녀가 요구한 25세우세에 우리가 기겁을 한 이유다.

"네게 그 돈을 줄 수는 없어, 대신 우리가 너를 데려다줄게."

"그냥 돈으로 달라"면서 그녀는 강하게 거부했다. 우리가 쉽게 돈을 줄 것 같지 않아보였던지 자기가 우리 때문에 점심을 굶었으며 시간도 뺏겼다고 항의했다. '시간은 사람에게 매우 소중한 것이며 돈으로 환산할 수 없는 거다, 그런데 너희는 그런 자기 시간을 소비하게 했을 뿐 아니라 자기가 부여준 친절까지 무시했다'며 야단을 치는 말투여서 좋게 해결하려던 우리도 화가 났다.

서로 분위기가 험악해지고 우리가 만만찮아 보였던지 그녀는 말을 바꿨다.

"아까는 내가 너희들을 도왔고 이제 너희들이 날 도울 순간이 왔다. 그렇다면 너희가 생각하는 돈을 내게 줘라."

단 한 푼도 주기 싫었지만 1세우세를 건넸다. 돈을 받아든 그녀는, 이 돈으론 어림없다면서 자신이 제공한 친절의 대가가 고작 1페소냐며 몸

시 화를 냈다.

 길가에 차를 세우고 한동안 실랑이를 했지만 그녀는 집요했다. 우리 역시 돈을 줄 생각이 전혀 없었다. 차를 돌렸다. 그녀를 처음 태웠던 곳에 내려줄 생각이었으나 자동차가 움직이자 손과 발로 좌석을 차며 차를 세우라고 소리를 질러댔다. 누가 봤으면 납치라도 하는 줄 알았을 것이다.

 내리라고 해도 내리지도 않고, 시동을 걸면 차가 흔들릴 정도로 몸부림을 친다. 우리가 할 수 있는 가장 좋은 방법은 태웠던 곳에 그녀를 내려주는 거라고 결정했다. 얼마나 그렇게 실랑이를 했을까. 멀리 고속도로에 경찰이 보여 차를 세우려고 속도를 늦췄더니 갑자기 그녀가 차를 세우라며 손으로 운전석을 쳐댔다. 그리고는 언제 그랬느냐는 듯 차에서 내려 바쁘게 걸어간다.

 1세우세는 미국달러 1불 정도다. 그러니까 그녀가 요구한 돈은 우리 돈으로 3만 원쯤 되는 셈이다. 달리 생각해보면 아주 많은 돈이 아닐 수도 있지만 쿠바에서 25페소는 상당히 큰 금액이다. 숙소에서 아침을 먹을 경우, 한 사람당 가격이 3페소 정도. 구운 빵, 치즈, 햄, 망고, 파인애플, 토마토, 오이, 계란에 생과일로 갈아서 만든 망고 주스, 구아바 주스, 금세 내린 에스프레소를 먹을 수 있었다. 게다가 우린 그 돈을 절약하기 위해서 주인의 감시 아래 눈치를 보며 주방을 빌려 쓰는 처지였다. 얼마나 불안하게 눈치를 보면서 주방을 빌려썼으면 먹은 게 체하기까지 했겠는가. 밥도 아닌 죽을.

 하지만 그 이유 때문만은 아니었다.

 인도에서 인력거를 탔을 때였다. 무거운 배낭까지 실은 인력거가 언덕을 오를 때는 내려서 밀어주고 싶을 만큼 땀으로 얼룩진 등이 안쓰러웠다. 목적지에 도착해서, 힘들었으니 돈을 더 달라고 할 때는 그런 말을 하지 않아도 더 주고 싶었다.

하지만 그럴 수 없었다. 어린 학생들이 짜이 한 잔도 참아가며 돈을 아끼는 것을 보아왔기 때문이다. 그들의 요구대로 돈을 더 주게 되면 인력거 요금은 더 오르게 되고 또 요금 외에 웃돈을 요구하는 행위가 점점 심해질 것이다. 나 하나 마음 편하자고 건넨 몇 푼으로 가난한 여행자들의 여행이 더 고되질 수도 있다.

사람이 있는 곳엔 질서가 있다. 질서란 약속이다. 여행에도 질서가 있다. 질서란 지켜질 때 아름답지 않은가. 해서 "25페소가 우리에겐 한 달 하고도 보름치의 월급이지만 너희에겐 두 끼의 아침 값일 뿐이잖아"와 "우리에게 두 끼나 되는 아침 식사 값이야"의 차이만은 아닌 것이다.

그녀, 이루마

숙소는 나시오날 호텔 바로 맞은편에 있었는데, 표지판도 없는 도로는 일방통행이 대부분이었다. 같은 길을 몇 번이나 돌고 나서야 겨우 찾았다. 그래도 마음에 들었다. 발코니로 나가면 정면으로 나시오날 호텔, 왼쪽으로 말레콘이 보였다. 실내는 소박했지만 정갈했다. 발코니가 넓어서 빨래를 널기에도 좋을 것 같았다.

방 하나에 더블침대가 둘, 넷이 함께 쓰면 될 듯싶었다. 하지만 방을 하나만 빌리려고 하니 고개를 젓는다. 돈을 좀 더 얹어주겠다 해도 그럴 수 없단다. 방 하나에 두 사람만 잘 수 있도록 정부에서 법으로 정한 것이다. 아이가 12살 이하면 함께 잘 수 있지만 그 외엔 무조건 방 하나에 사람 둘이다. 예고 없이 단속이 뜨는데, 걸리면 영업정지에 벌금이 100세우세가 넘는다고 했다.

방 하나에 5세우세씩 깎아 계약을 했다.

이루마는 우리가 묵는 까사의 도우미 아줌마다. 까사의 청소, 빨래는 물론이고 장을 보고 식사준비까지 전담한다. 아침 8시가 조금 넘으면 출근을 하는데, 우리가 외출을 했다가 들어오면 깨끗하게 청소를 하고 짐까지 정리해 놓는다.

외국여행을 가면 외출할 때마다 배낭을 자물쇠로 잠그는 게 버릇이 되어 있었다. 그것도 모자라 중요한 물건은 전부 들고 나가곤 했는데, 그때는 짐을 꾸리는 게 귀찮고 성가셔서 넷북을 그냥 두고 나갔었다. 그래도 나름 감춰둔다고 넷북과 외장하드 위에 빨랫감과 수건 따위를 던져 놓았더니, 가지런히 개켜진 빨래 옆에 넷북이 얌전히 놓여 있었다. 흐트러진 화장품도 한 줄로 가지런히 정리해 놓고 손가락만한 샘플까지 줄을 세워뒀다. 고마우면서도 부끄러웠던 순간, 그때부터 그녀가 남 같지 않았다.

그녀는 눈이 마주치면 늘 웃었다. 우리가 참 신기했던지 눈을 반짝이면서 나 하는 모양을 바라보곤 했다. 빨래를 널거나 죽을 끓이거나 발코니에 서서 밖을 내다볼 때도 자주 마주쳤고 그럴 때마다 활짝 웃었다.

이루마의 손끝은 얼마나 닳았는지 손톱이 살 속에 박힌 듯 절반밖에 남아 있질 않았다. 일을 많이 해서 닳았는지는 모르겠으나 물일을 많이 한 것은 알겠다. 늘 손가락이 물에 퉁퉁 불어 있었으니까. 세탁비로 5세우세를 달라던 그녀는 빨랫감이 많지 않은 것을 보고는 3세우세로 깎아주기도 했다.

일반가정에서도 그런지는 모르겠지만 보통의 까사에선 일하는 사람을 쓴다. 청소를 하고 빨래를 하고 음식도 만든다. 손님 것만 하는 게 아니라 그 집안 일을 모두 한다. 그렇게 버는 돈이 얼마일까. 한 달에 20세우세. 쿠바의 의사 수입과 비슷하단다.

그러고 보면 쿠바에선 누구나 꼭 대단한 무엇이 될 필요는 없는 것 같다. 중요한 것은 자신이 정직하게 할 수 있는 일을 하는 것이다. 의사가 되고 싶어도 공부하는 게 싫으면 될 수 없다. 의사가 되고 싶고 공부하기도 싫지 않은 사람은 의사가 되고, 집안일 하는 게 좋으면 가사 도우미로 돈을 벌수 있는 것이다. 가사 도우미의 수입과 의사의 수입이 같다는 것, 쿠바가 아니면 가능한 일이겠는가.

먹는 것에 정이 붙는다더니

끼니 때가 되어 햇반을 들고 주방으로 갔다. 당연히 주방을 써도 되는 줄 알았는데, 마지못해 쓰라는 말이 쓰지 말라는 말보다 더 무뚝뚝하다. 게다가 가스레인지는 레버를 돌리면서 성냥으로 불을 붙여야 하는데, 생전 처음 접해보는 물건인지라 매번 주인 할아버지께 부탁을 해야 했다. 아주 죽을 맛이다. 할아버지 할머닌 식탁에 앉아 쳐다보시지, 일하는 여자는 무슨 구경이나 났는지 등에 딱 달라붙어서 쳐다보지, 물은 왜 또 그리 더디 끓는지…

뜨거운 물에 햇반을 데우고 냄비에 찌개를 끓일 생각이었는데, 어찌나 마음이 볶이든지 냄비에 물 받아서 햇반이랑 국거리랑 한꺼번에 넣어 끓였다. 아주 개죽이 따로 없다. 시선을 받는 등짝은 따끔거리고, 그렇지 않아도 더운 판에 좁은 주방에 넷이나 몰려 있으니 땀이 줄줄 흐른다. 불편한 마음은 가스레인지에 놓인 죽보다 더 곤죽이 된다.

올드 아바나의 카테드랄 광장에 갔다가 돌아온 오후, 점심거리로 라

면을 끓이는데, 등 뒤에서 구경을 하고 있기에 먹어 보겠느냐 했더니 고개를 끄덕인다. 라면을 덜어주고 식탁에 앉아 우리가 하는 모양을 지켜 보던 할머니께도 덜어 드렸다. 그리고 우린 방으로 가져가 라면 퍼질까봐 훌훌 먹었다. 설거지도 벌써 끝내고 손빨래 했던 것들 베란다에 널다가 그녀를 만났다. 라면 맛 어땠느냐 물었더니 식으면 먹으려고 기다리는 중이란다. 그러니까 그 시간으로 말하자면 두 시간은 족히 되었을 것이다. 한 공기 퍼 줬던 라면, 한 냄비 되고도 남을 시간 아닌가.

우리에게 귀염둥이라며 웃던, 열아홉 살 딸과 여덟 살 아들이 있던, 찍어달라는 말은 못하고 카메라에서 눈을 떼지 못하던, 앞니 사이가 벌어져 웃으라고 해도 입을 꼭 다물고 웃던 그녀, 이루마. 불어터진 라면을 그녀는 다 먹었을까. 맛을 보고는 쟤네들은 이런 걸 먹고 사는 구나, 했을까. 이런 걸 먹고 사는 인류도 있구나, 했을까? 지구상엔 참 기묘한 나라도 있구나, 했을지도 모르겠다.

라면을 줬던 그 다음 날, 이루마가 발코니에 있는 나를 주방으로 부른다. 주방엔 일종의 보따리 장사처럼 뭔가를 파는 사람이 와 있었고 할아버지와 할머니는 무언가를 먹고 있었다. 이루마와 할아버지가 먹어보라며 옥수수 잎으로 싼 것을 내민다. 돼지고기와 옥수수를 찧어서 버무린 다음 옥수수 잎에 말아서 찐 따말Tamal 이라는 것이다. 이 따말은 옥수수 녹말 반죽에 칠리, 돼지고기 등 다양한 식재료들을 넣어 만드는데 쿠바뿐 아니라 라틴 아메리카 전역에서 즐겨먹는 음식이라고 한다.

먹고는 바로 뱉고 싶은 지경이었지만 모두가 내 반응을 기대하는 눈치라 맛있다고 고개를 끄덕였다. 할아버지와 할머니 표정이 환해지는 것을 보고는 뭐랄까, 그들을 행복하게 해주었다는 뿌듯함에 나도 모르게 엄지손가락까지 치켜 올렸다.

하지만 이게 화를 불렀다. 어금니 안쪽으로 삼키지 못하고 잔뜩 물고 있는데 할아버지는 하나를 더 까서 주시는 게 아닌가. 받아들긴 했지만 이미 삼키지도 못하고 입안에 담고 있는 판이어서 토할 지경이다. 이루마는 한술 더 떠 가격까지 말해주며 사라고 몇 개를 테이블에 꺼내놓는다. 비리고 끈적한 것이 입안에 퍼져서 더는 참지 못하고 화장실로 뛰었다. 다 토하고야 말았다.

입을 행구면서 이게 어쩌면 어제 라면에 대한 할머니와 이루마의 복수전이 아닐까 하는 생각이 들었다. 그들에게 라면도 이런 맛이었을까?

꿈을 먹고 사는 사람들

그들을 만난 건 올드 아바나의 아르마스 광장. 아바나는 크게 구 시가지인 올드 아바나와 신 시가지인 베다도, 그리고 그 중간에 있는 센트럴 아바나로 나뉜다.

산 크리스토발 대성당, 헤밍웨이가 모히또Mojito를 즐겨 마셨다는 라 보데기타 델 메디오, 아르마스 광장, 카테드랄 광장, 항구가 보이는 산 프란시스코 광장 등 유명 관광지는 대부분 올드 아바나에 밀집해 있다. 볼거리가 많은 대신 몹시 복잡하다. 더위에 지친 터라 사람이 없는 쪽으로 길을 잡다보니 아르마스 광장이었다.

아르마스 광장은 카테드랄 광장보다 조용했다. 관광객이 많지 않은 까닭인지 호객꾼들도 없어 한적하기까지 했다. 동양인은 거의 보이지 않아서인지 그늘에 앉아 있던 사람들은 우리를 대놓고 쳐다봤고 우린 그들을 구경하며 걸었다. 처음엔 사람들의 시선이 부담스럽더니 조금

씩 익숙해진다. 서로에게 구경거리가 되고 구경꾼이 되면 불편할 것도 억울할 것도 없는 거다.

광장 양쪽으로는 노점상이 있었는데, 책이나 기념품을 팔거나 자신의 작품을 들고 나와 있는 경우도 많았다. 그들은 그곳에서 사진을 전시하고 있었다.

그 중 한 사람의 사진이 마음에 들어 잠시 걸음을 멈췄다. 내 카메라를 보고는 관심을 보이며 인사를 하는데, 영어였다. 영어를 하는 사람들이 거의 없었기 때문에 일단 반가웠다. 보스턴에선 영어 스트레스로 흰머리가 다 생길 지경이었는데, 영어가 반가울 때도 다 있다. 쿠바는 뭐든 부족하다는 생각이 강했던 탓인지 그의 사진이 또 반가웠다.

그는 사진작업을 하는 데 많은 어려움이 있다며 입을 열었다. 쿠바에선 인화지를 구하는 것도 어렵고 전시는 더욱이 쉬운 일이 아니라고 한다. 전시할 작품은 공안 당국에 사전 검열을 받아야 하고 전시장을 구하는 것도 어렵단다. 그러니 액자 작업을 해서 번듯하게 갤러리에 작품 전시를 하는 건 생각도 하지 못하는 실정이다. 사실 지금처럼 광장에 작품을 내놓는 일도 불법이지만 어떤 식으로든 작품을 보이고 싶고, 관광객이 오가는 이곳에선 가끔 기회가 오기도 한다며 눈을 반짝인다. 그렇잖아도 좀 전에 독일에서 온 방송 관계자가 그를 취재해 가는 것을 봤던 터였다.

우리가 한국인이라는 걸 알고는 "함께 사진작업을 하던 호세 토이락이라는 친구가 2008년 광주 비엔날레에 초대받아 다녀왔다"면서 반가워했다.

"부러웠느냐?" 물었더니 조금의 망설임도 없이 "그 친구는 훌륭한 작가"라는 말로 대답을 대신했다. 미련한 질문에 현명한 답이다.

그의 이야기를 들으면서 지구 반대편에 있는 같은 동아리 멤버 덕헌과 사타 그리고 홍태를 생각했다. 물자가 부족한 쿠바에서나 물자가 풍족한 한국에서나 사진작업의 어려움은 매한가지. 달리 예술의 길이 험하다고 했겠는가.

사진도 좋고, 자신의 목표에 대한 확고한 의지도 분명하고, 영어 또한 유창한 그의 옆에서 아까부터 눈을 반짝이던 친구가 바로 그였다. 그의 작품은 사진이면서도 사진이 전부가 아니었고 그림인 듯 했으나 또 그림만도 아니다. 작품에 대해 물었더니 그림을 잘 그리고 싶었고 화가가 되고 싶었다고 한다. 그런데 그림을 잘 그리지 못한다고. 그래서 사진을 찍고 사진 위에 색칠을 했다는 것이다. 아, 얼마나 맹랑하고 깜찍한 발상인가.

솔직히 말하자면 사진도 그리 좋다고만 할 수 없었고 그 위에 칠한 그림 역시 어설프긴 매한가지였다. 그런데 그는 행복하단다. 그리고 그 행복을 자신 있게 거리로 들고 나와 사람들에게 내보이는 중이었다. 친구보다 영어가 훨씬 서툴렀지만 그는 자신의 작품과 꿈에 대해 더 많은 이야길 했고 더 많이 웃었으며 눈빛은 빛났다.

그는 여행을 하면서 꼭 촬영을 하고 싶은데 위험하거나 할 수 없는 곳이 있다면 동행해 주겠다면서 전화번호와 이메일을 적어주었다.

먼 곳에서 같은 길을 동경하는 사람을 만나 그들의 꿈을 들여다보며 내 꿈을 돌아보는 시간. 길 위에서가 아니라면 결코 만나기 쉽지 않은 시간일 것이다. 가늠할 수 없는 거리에 떨어져 있으면서도 느끼게 되는 이 동지애는 사진이 아니라 꿈을 향해 가는 것이 닮았기 때문이 아닐까.

한국의 비엔날레에서 그를 만날 수 있었으면 하는 꿈을 하나 더 보탰다. 【쿠바】

 꿈꾸는 사람은 아름답다

내가 아는 한 사람은 눈동자가 몹시 반짝거려.
말을 하지 않을 때도 그렇지만
깊이 생각하고 있는 말을 할 때면 빛이 나는데
그럴 때면 나도 모르게 눈을 자주 깜빡이게 되는 거야.
오래 전에 별 이야기를 할 때였어.
그때의 나는 별에 흠뻑 빠져 있었고 종종 별 이야기를 했었지.
별이 뜨고 지는 이야기, 별자리에 얽힌 이야기를 할 때면
사막에 불시착한 비행기를 고쳐 타고 하루 마흔세 번을 뜨고 지는 노을
을 따라 어린왕자의 행성을 도는 기분이었어.
그럴 때의 내 눈이 반짝인다고 했던 말이 기억 나.
내가 별 이야기만 했던 것도 아닌데
별 이야기를 할 때의 눈이 반짝인다고 했던 것을 보면 눈과 마음이 무관
하지 않다는 게 내 생각이야.
그래서 반짝이는 눈을 바라보면 그가 하는 이야기보다는
마음으로 귀가 열리는 건가봐.
눈이 반짝이는 사람은 마음도 그럴 거라 믿어.
마음이 반짝이지 않는데 눈동자가 빛날 리가 없잖아.
무엇이든 간에 눈이 빛나고 마음이 반짝이는 사람과 마주하고 있는 건
기분 좋은 일이야.
그럴 때의 내 눈이 빛나는지는 모르겠지만 내 마음은 반짝이게 되거든.
마음이 반짝일 때마다 난 눈을 깜박거리게 되는 거 같아.
사람의 마음 어느 한 곳에 꺼지지 않은 빛이 있다는 거,
반짝이는 눈빛만으로도 사람의 마음에 울림을 준다는 건
참으로 경이로운 일이라 생각해.

마음 안에서 눈을 반짝이게 하는 것, 그게 꿈이 아닐까.

사람 사는 이야기

아바나
바라데로
비날레스
산타클라라
시엔푸에고스
시에고 데 아빌라
피나르 델 리오
후벤투드
트리니다드
까마구웨이
올긴
바야모
바라코아
관타나모
시에라 마에스트라 산맥
산티아고 데 쿠바

스페인 말은 이상해

영화 '디스트릭트 9'을 볼 때였다. 외계인이 외계인 말을 했다. 당연한 일이겠으나 그게 그렇게 반가울 수가 없었다. 아무리 영화에서라지만 외계인까지 영어를 썼다면 엄청 좌절했을 것이다.

모국어를 쓰면서도 소통할 수 있다면 얼마나 좋을까마는 인류는 영어를 세계 공용어로 사용하고 있다. 미국인들의 입장에선 바벨탑을 쌓은 벌을 핑계로 신이 어쩌면 탁월한 선택을 했다는 생각이 든다.

"미국인들은 영어 말고는 할 줄 아는 언어가 없냐?"

제목이 생각나지 않는 영화에서 프랑스 말을 알아듣지 못하는 미국인을 두고 독일인이 내뱉는 말이다.

보스턴에 머물 때 쿠바 여행을 앞두고 스페인어 반에 들어갔던 적이 있다. 수강생 대부분이 미국인들이었다. 모든 언어가 그렇듯 스페인어도 쉽지 않았다. 이해하기보다는 무조건 외워야 할 것들이 많았다. 발음도 쉽지 않아 어려웠지만 미국인들은 더 힘들어 했다.

나이 많은 여선생은 또 어찌나 까칠한지 제대로 따라오지 못하는 학생들을 냉소를 입에 문채로 바라봤고 이래저래 힘이 들었던 수강생들은 스페인어는 이상한 언어라는 결론을 내렸다. 그들에게 영어 이외의 언어는 어려운 게 아니라 '이상한' 것이었다. 결국 그 다음 시간에는 서너 명이 나오지 않더니 그 다음 시간엔 두 명이 더 나오지 않았다.

터키를 여행할 때였다. 넴룻에서 사기를 당하고 오도 가도 못 하다가 여행하는 의사 가족의 차를 얻어 탔던 적이 있었다. 그들에겐 중학교에 다니는 딸이 있었는데, 그 소녀가 서툰 영어로 계속 말을 시켰었다. 딴에는 영어 연습을 하겠다는 계산이었다. 영어 교육을 시작하는 시기나 영어에 많은 비중을 두는 교육이 우리나라와 비슷했다. 그들도 영어는 어렵지만 꼭 해야만 하는 언어라고 했다.

쿠바도 다르지 않았다. 학교 수업에서 '원하면'이라는 조건이 붙긴 하지만 고등학교에서 영어교육을 시킨다. 이들에게도 영어는 꼭 익혀야 할 언어로 통하는지 영어 과외가 비밀리에 이루어진다고 했다. 학교 영어 선생 월급은 15세우세 정도라고 하는데 과외 교습은 일주일에 두 번 하면서 한 사람당 한 달에 3세우세를 벌 수 있단다. 대단한 부수입이다. 영어 선생들이 과외를 하고 싶어하는 건 당연하다. 영어가 비영어권 사람들을 먹여 살리고 부를 축적하는 방법이 되기도 하니 그 힘이 가히 전 세계적이라 하겠다.

주인집 아들 페드로는 문법도 엉망이고 어휘도 많이 딸렸지만, 자기는 영어 과외를 받아 친구들 중에 영어를 할 줄 아는 유일한 사람이라며 드러내 놓고 자랑을 했다. 아닌 게 아니라 우리가 만났던 사람들 대부분은 영어를 하지 못했다. 정부에서 운영하는 레스토랑에서조차 스페인어가 아니면 소통이 되지 않았을 정도였다.

몇 년 전에는 생각도 못한 GPS. 주소만 입력하면 건널목뿐이 아니라 과속 방지턱까지 알려주는 신통한 물건이다. 그런 기술이라면 다국적 언어로 소통하는 기술도 개발할 수 있지 않을까. 그러니까 바이러스처럼 대기 중에 통역시스템이 떠돌다가 사람의 목소리를 감지하는 순간 작동되는 기계. 사람들은 각자의 모국어로 말하지만 소통이 되는 방식 말이다.

문득 아직까지 그러한 시스템을 만들어지지 않은 건 기술력의 문제가 아닐지도 모른다는 엉뚱한 생각이 든다. 지금의 과학과 기술력이라면 그 정도는 벌써 개발하고도 남았을 것만 같다.

이쯤에서 음모론 쪽으로 상상력을 펼쳐보면, 혹시 미국이 농간을 부리고 있는 건 아닐까? 만약 세계 공용어가 영어가 아니라면 미국에 있는 그 많은 어학원과 대학마다 딸려 있는 부설 어학원은 또 뭘 먹고 살겠는가. 영어 교육으로 벌어들이는 달러를 미국은 도무지 포기할 수 없을 것이고 그러니 그런 기술 개발에 전력투구할 이유도 없을 뿐더러 설사 기술력이 있다고 해도 그건 국가기밀이 아니겠나.

우리나라가 영어에 쏟아 붓는 돈의 일부를 대기 중 통역시스템을 만드는 연구에 투자를 한다면 어떨까. 그래서 통역시스템을 수출까지 한다면. 물론 미국이 엄청난 방해공작을 할지도 모르겠지만 인류의 숙원을 대신 해결한다는 각오로 해봄직 하지 않은가.

사람들은 오래 전에 가설을 세우고 연구도 하고 영화까지 만들었다. 달나라, 컴퓨터, 로봇 등 우리는 오래 전에 세운 가설을 이미 경험하고 있다. 그리고 또 가설을 세우고 그 가설이 현실화되는 기간이 점점 더 짧아지고 있다. 어느 대통령 후보가 이걸 선거공약으로 내건다면 난 기꺼이 한 표 찍을 것이고 또한 선거운동원이 될 수도 있을 것 같다.

평등, 너 얼마면 되겠니?

모세와 예수 그리고 긴 수염의 노인이 함께 골프를 치고 있었다. 모세가 멋지게 친 공이 호수에 빠졌다. 모세는 골프채로 강을 가르고 걸어 들어가서 공을 다시 쳤다.

다음은 예수가 공을 쳤다. 예수가 친 공도 날아가더니 호수에 빠졌다. 예수는 물 위로 걸어가서 공을 쳤다.

다음엔 긴 수염의 노인이 공을 쳤다. 공은 도로 위로 굴러가다가 지나가던 차에 맞아 호수에 빠졌다. 마침 호수에 있던 개구리가 그 공을 덥석 무는 순간 하늘을 날던 독수리가 개구리를 낚아챘다. 그 바람에 개구리가 물고 있던 공이 그린에 떨어져 홀인원이 됐다.

그 모양을 보던 모세가 예수에게 말했다.

"난 이제 니네 아버지랑 골프 안 쳐!!"

무거운 철학을 조크로 푼 유쾌한 책의 일부분이다. 운명에 대한 한 대목을 재미있는 이야기 형식으로 쓰고 있는데, 깊은 공감이 느껴진다.

말레콘을 바라보며 저녁을 먹다가 날씨도 후텁지근하고 달려드는 벌레가 귀찮아 남은 음식과 술을 싸가지고 숙소로 돌아왔을 때였다. 웃통을 벗은 채로 빈둥거리던 주인집 아들과 눈이 마주쳤다. 술 한 잔 하겠느냐 물었더니 좋단다. 라면과 고추장을 안주 삼아 발코니에 앉았다.

올해 스물여섯의 페드로는 직업을 구하기 위해 곧 취업준비학교에 입학할 계획이라고 했다. 쿠바에선 원하는 사람은 무상으로 취업을 위한 교육을 시켜주는데, 스물아홉 살까지로 나이를 제한한다. 하는 일이 있었으나 적성에 맞질 않아서 다시 공부를 할 생각이고 이번이 마지막 무상교육의 기회라서 놓치고 싶지 않다고 했다.

그럼 군대문제는 해결이 되었느냐 했더니 당연하다며 면제를 받았다고 했다. 쿠바는 어떤 경우에 면제대상이냐고 물었더니 돈을 주고 면제를 받았단다. 그렇게 말하는 그의 얼굴엔 조금의 머뭇거림이나 부끄러움이 없었고 오히려 부자 아버지를 두었다는 뿌듯함마저 서려 있었다. 150세우세를 내고 면제를 받았다는 그의 병역 면제 사유는 은밀한 거래로 불법이었다.

우리나라에선 아들의 병역 문제로 대선에서 낙마한 정치인이 있고, 병역 때문에 미국 시민권을 포기하지 않았던 어느 가수는 입국조차

하지 못하고 있으며, 누군 제대 후 다시 입대를 하기도 했다. 문신을 하거나 살을 빼거나 수술을 단행하면서까지 면제를 받을 수 있는 온갖 방법들이 난무하는 걸 보면 남자들에게 군대는 피할 수 있으면 피하고 싶은 것이겠다.

사람이 사는 곳이라면 어디라 한들 부정이 없고 부패가 없으랴만 그래도 "쿠바 너마저도" 하는 기분은 어쩔 수 없었다. 사회주의의 정체성은 평등에 있으니까. 우리가 못견뎌 하는 것은 불편함이 아니라 불평등이기에 어느 한쪽으로만 치우치지 않는 사회주의의 매력은 당연히 이 평등에 있다고 생각했다.

하지만 인간 세상에서 돈의 힘이란 신의 힘만큼이나 크고 인간이 거스르지 못할 운명인가 보다. 우리가 이토록 열망하는 평등, 돈으로 살 수 있는 것이라면 묻고 싶다.

"평등, 너 얼마면 되겠니?"

어른이라서 모르는 것들

올드 아바나의 노천 시장을 둘러보고 카테드랄 광장으로 걸음을 옮겼다. 유독 햇볕이 그곳으로만 쏟아지는 듯 광장은 뜨거웠다. 햇볕에 닿는 건 그 무엇이라도 녹여버릴 기세로 잔뜩 달아올라 있었다.

광장을 지나 작은 공원을 발견하고는 그늘에 앉아 야구를 하는 아이들을 구경했다. 배트는 작대기였고 공 역시 야구공은 아니었다. 슬그머니 일어나 사진을 찍었더니 아이들이 몰려들었다.

어떤 공인지 궁금해 했더니 보여준다. 안에 솜을 넣고 고무줄로 돌돌 말아서 만든 공이다. 야구공보다 훨씬 작았지만 잘 던지고 잘 치고 또 잘 받았다.

우리에게 관심을 보이던 두 소년과 사진을 찍고 야구 이야기를 하고 친구 이야기를 하면서 아주 잠깐이지만 즐거웠다. 그들에게 초콜릿과 사탕을 건넸다. 부끄러워 서로 얼굴만 마주보면서 손을 내밀지 못하는 두 소년의 손에 볼펜까지 한 자루씩 쥐어주었다. 고맙다고 활짝 웃으며 저만큼 뛰어가던 아이들은 우리와 눈이 마주칠 때마다 손을 흔들었다.

근처를 조금 더 돌아보고 있을 때, 그 아이들 중 하나가 우리에게 쭈뼛쭈뼛 다가섰다. 다시 만나 반가운 마음에 인사를 건넸더니 어두운 얼굴을 한 채로 아이가 계속 우리를 따라왔다. 무슨 일이냐고 물어도 아인 말을 못하고 고개도 들지 못했다. 그때 아이로부터 조금 뒤에서 큰소리를 지르고 있는 남자를 발견했다. 그는 돈을 요구하라면서 아이에게 윽박지르는 중이었다.

우리와 눈이 마주친 아이는 제 아버지께로 비척비척 걸어갔고 그런 아이를 아버지는 우리에게로 밀치면서 사진을 찍었으니 돈을 요구하라고 재촉했다.

아이는 제 아버지와 우리 사이에서 오도 가도 못한 채 우릴 쳐다보지도 못했다. 그저 허리 약간 앞쪽으로 내민 듯 숨긴 듯 어정쩡하게 손을 펴고 있다가 아버지의 고함 소리에 놀라 앞으로 내밀다가 다시 움츠리기를 반복할 뿐이었다. 귓불까지 발갛게 달아오른 아이를 향해 남자의 고함과 욕설이 쏟아졌다. 야구 글러브로 가린 아이의 얼굴에서 기어코 눈물을 보고야 말았다.

인도를 여행한 사람이라면 구걸에 나선 아이들에 대해 저마다 한마디씩 하곤 한다. 그들은 소매를 잡아끌어 사진을 찍으라고까지 한다. 그리고는 손을 내밀어 돈을 요구한다. 가는 곳마다 접하는 것이라 의

그렇게 신경을 썼는 데도 손수건, 모자, 렌즈 캡, 메모리 카드, 벨트를 잃어버렸어.

언제였는지, 무엇인지도 모른 채 잃어버린 것들은 또 얼마나 많을까.

늘 다니는 길, 잃어버릴 수도 있지.

들꽃 한 송이에 마음, 온통 흔들릴 수도 있지.

서먹한 사람에게 눈물, 들킬 수도 있지.

가끔은 그래도 괜찮아.

레 그러려니 하는 곳이 또한 인도이기도 하다.

쿠바는 그렇지 않았다. 사진을 찍었다고 돈을 요구하는 일은 거의 없었다. 물론, 유명 관광지에서 치장을 하고 직업적으로 모델 노릇을 하는 사람들이 있긴 하지만 여행 중에 만난 대부분의 사람들은 찍히는 것 자체를 즐기는 듯했다. 현상한 사진을 받아보지 못할 것을 알면서도 찍히고 싶어 했고, 찍힌 사진을 뷰 파인더로 보여주면 몹시 즐거워 했다. 그래서 여행하는 내내 사진으로 불편한 기분을 느꼈던 적이 없었다. 여행자가 더 많아지면 쿠바도 달라질는지는 알 수 없지만.

소년의 아버지는 아들을 구걸의 치욕스러움으로 내몰았다는 걸 아는지 모르겠다. 어린 아이도 아는 부끄러움을 어째서 어른은 모르는 것일까. 어른이라서 모르는 것들이, 어른이기 때문에 모르는 것들이 세상엔 너무 많다.

아이에겐 돈을 주지 않았다. 주고 싶었으나 그럴 수 없었다. 아이에게 돈을 준다면 이후로 아이는 길거리로 내몰리거나 관광객 뒤나 좇는 그런 인생을 살 것 같았기 때문에.

소년이 부끄러움을 아는 그 마음을 부디 잃지 않길 하고 기원했다.

이중화폐

밖은 대낮처럼 환했지만 저녁을 먹기 위해 들어온 레스토랑은 어두웠다. 쿠바는 전력 사정이 좋질 않아 어느 곳이든 어둡다. 식사를 주문하면서 모히또를 시켰다. 아바나의 럼과 설탕 그리고 민트 잎을 넣은 칵테일인 모히또는 헤밍웨이가 즐겨 마셨다고 해서 더 유명하지만 내 입맛엔 너무 달았다.

여행의 설렘이 가시지 않은 때라서 두 잔을 거푸 마셨더니 후텁지근한 실내 공기까지 더해져서 취기가 빠르게 올랐다. 싼 값이 아니었음에도 음식은 가격과 상관없이 맛이 없었다. 그냥 기름에 튀긴 닭고기고 기름에 튀긴 바나나였다. 별다른 양념 맛도 느껴지지 않아서 음식이 이렇게 성의 없기도 쉽지 않을 것 같다는 생각을 먹는 내내 했다.

계산서가 나왔다. 여행 전에 계산서를 속인다는 정보를 들었던 터라 꼼꼼하게 살펴보니 역시 3세우세가 더 나왔다. 서빙을 하던 종업원을 불러 함께 계산을 했더니 별거 아니라는 듯 다시 계산서를 가지고 간다. 조금도 미안한 기색이 없고 미안하다는 말 한마디도 없다. 팁을 주지 말고 왔어야 하는데 친절했던 게 고마워 2세우세를 주고 나왔다. 지금 생각해도 주지 말았어야 옳았다.

쿠바에 간다니까 가장 많이 해주는 말이 위험하지 않느냐는 거다. 어느 나라, 어디든 위험이 없는 곳이 있으랴. 그러니 딱 잘라 위험하지 않다고는 말할 수 없지만 한국보다 덜 위험하다고 말할 수는 있겠다. 여행객의 안전을 무엇보다 중요하게 생각하는 곳이 쿠바라 해도 좋겠다. 후미진 골목골목을 다니면서도 내가 보호받고 있다는 것을 느낄 정도였다. 여행객이 쿠바의 경제를 어느 정도 책임지고 있기 때문일 것이다.

소련이 붕괴한 뒤, 쿠바는 관광산업을 통해 국가 경제의 비상사태를 한 고비 넘기게 된다. 그리고 유일한 외화벌이 방법인 관광 때문에 생겨난 게 이른바 '이중화폐'다.

쿠바에서 사용 가능한 통화는 외화를 바꾼 전환 페소(CUC, 세우세)와 쿠바 페소(CUP, 세우페) 뿐이다. 외국인들은 쿠바 내에서 세우페를 쓸 수 없다. 숙소도 식당도 모두 세우세를 써야 하는데, 세우세와 세우페의 환율은 우리가 있을 당시 1대 24였다. 얼마 전까진 1대 40까지 갔다고 하니 쿠바의 경제가 많이 좋아진 것이라 하겠다.

따라서 아무리 쿠바의 물가가 싸다고 해도 관광객과는 상관없는 일이 된다. 쿠바 의사의 월급이 20세우세지만 관광객의 신호위반 벌금은 30세우세나 된다. 이렇게 하지 않으면 관광으로 나라를 먹여 살릴 수 없으니 당연하다고, 여행 막바지에 신호위반으로 30세우세를 내면서 쓰렸던 속을 위로했었다.

이중화폐가 아니라면 관광으로 돈을 벌기엔 턱없는 일이었을 것이다. 이렇게 벌어들인 돈으로 쿠바는 차를 사고 원유를 사고 전기제품을 산다. 여행객이 왜 그토록 보호를 받는지 이해가 되는 대목이다.

이렇듯 지금의 쿠바를 살리고 있는 것은 누가 뭐래도 명실공히 이 이중화폐다. 그러다 보니 많은 사람들이 세우세를 받을 수 있는 일을 하고 싶어 한다. 구걸을 하더라도 관광객이 모이는 곳에서 하고, 장사를 하더라도 관광지에서 하려고 한다. 페드로의 말에 따르면 쿠바 젊은이들이 제일 선호하는 직업이 관광 관련업이라고 한다. 레스토랑에서 일을 하거나 청소를 하더라도 외국인이 이용하는 호텔에서 하고 싶어 하고, 자금에 여유가 있다면 까사를 운영하고 싶어 한다. 손님이 한번 들면 직장인들의 한 달분 급료에 해당하는 돈을 벌 수 있으니, 저간의 사정을 알고 나면 젊은이들 꿈이 고작 그거냐고 혀를 찰 수만도 없는 노릇이다.

쿠바 인구의 1/4이 아바나에 산다. 관광객이 많이 찾는, 기회가 많은 도시다 보니 여행 중에 만났던 이들도 가장 살고 싶은 도시로 아바나를 꼽았다. 한때는 사람들이 아바나로 너무 많이 몰려들어서 결국 카스트로가 지방으로부터의 이주를 법으로 막았다고 한다. 그래서 많은 사람들이 아바나에 사는 사람과 결혼을 하고 싶어 한다. 아바나 드림이라고 해야 할까.

이렇듯 세우세와 세우페의 차이가 크다 보니 세우세를 향한 일부 사람들의 열망이 도를 넘어서 서빙을 하던 레스토랑 종업원과 같은 사람들이 생겨났던 것이다.

어떤 백인이 잘못된 계산서를 들고 호되게 야단치는 것을 본적이 있는데, "그래서는 안 된다"면서 훈계까지 덧붙이는 걸 보며 뭐 저렇게까지 하나 싶었지만 그게 아니었다. 그렇게 하는 게 옳았다. 민망해 할까봐 싫은 내색도 하지 못하고 팁까지 건넨 나 같은 사람으로 해서 여전히 그들은 고의적으로 잘못된 계산서를 내밀지 않겠나.

틀린 계산서를 작성했던 종업원들은 쿠바 젊은이들의 선망의 대상이다. 많은 이들이 바라는 희망에 이미 닿아 있는 사람들. 젊은 그들이 선호하고 선망하는 것이 잘못된 계산서가 가져다 주는 불로소득이 아니길 바랄 뿐이다.

쿠바에서 먹히는 얼굴

아까부터 계산대의 남자가 힐끗거렸다. 숙소 근처의 '리브레' 호텔 편의점 물이 제일 싸다는 정보에 아바나에 머무는 동안 자주 그 편의점을 찾았다. 이곳 역시 국가에서 운영하는 곳으로 직원 모두가 공무원인 셈이다.

눈이 마주치면 다시 계산을 하는 척 하고 어쩌다가 보세 되면 또 눈이 마주치길 여러 번이었다. 처음엔 우리가 뭐라도 훔칠까봐 감시하는 줄 알았다.

우리 차례가 되어 계산대 앞에 서니 그 남자가 종이를 건넨다. 작은 종이엔 꽃이 그려져 있었다. 뭐냐느는 듯 쳐다보니 예쁘다며 웃는다. 예쁘다는데 기분 나쁠 사람이 어디 있으랴. 싼 값에 물도 사고 꽃 한 송이 들고 나서는 기분 나쁘지 않았다. 비록 종이꽃이지만 두 번째 갔을 때에도 꽃을 그려줬는데 첫 번째 꽃보다 더 디테일했다. 꽃잎이 많아졌다. 세 번째 물을 사러 갔을 때였다. 그때는 사람들이 많아 몹시 붐볐다. 생수를 여러 개 들고 서 있는 나를 언제 발견했는지 앞으로 불러 먼저 계산을 해줬다. 계산을 끝내고는 계산서에 한동안 뭔가를 했다. 줄을 선 사람들이 매장 끝까지 이어져 있었지만 그는 아랑곳하지 않고 계속 뭔가를 쓰더니 내게 그걸 건넸다. 꽃이 눈, 코, 입을 달고 웃고 있었다. 날 기억하고 있었던 모양이다. 줄을 선 사람들이 보며 웃었다. 불편해지기 시작했지만 그는 또 예쁘다며 엄지손가락을 올려보인다.

쿠바 남자들은 표현이 솔직하고 적극적이다. 여행을 하다 보면 다소 노골적이다 싶을 정도로 쳐다보고 예쁘다며 휘파람을 불기도 하는데, 그럴 때마다 질색하고 경계하기보다는 그냥 웃어넘기면 된다. 그들도 그렇다는 거지 더 이상 뭘 어쩌겠다는 건 아닌 듯했다. 우리가 꽃을 보고 예쁘다고 하는 거나 어린 아이들을 보고 인사를 건네는 것처럼 그들의 관심은 그 이상도 그 이하도 아닌 것 같았다.

쿠바 사람들은 이성에 대해 아주 솔직하고 적극적인 모양이다. 좋아하는 남자 친구나 여자 친구를 데리고 오면 부모들이 집을 비워준다고 했다. 둘만의 시간을 갖게 해주고 나중에 돌아와서 어땠느냐고 묻고 아이들은 어땠는지 부모에게 말을 한다니까 우리로선 상상도 못할 일이다. 우리야 어디 그런가. 둘이 한 방에 있는 것도 안 될 일이고 있다 해도 문을 좀 열어둬야 하고, 그것도 못 믿어 눈은 방을 향해 가자미가 되고 귀 역시 방으로 길게길게 늘어지지 않는가.

어쨌거나 고국에선 한 송이도 받아보지 못한 꽃을 세 송이나 받아봤다. 아무래도 쿠바에서 먹히는 얼굴인가 보다.

다다를 수 없는 궤도에 있어서 꿈이야.

해서 슬프고 그래서 더욱 애틋하지.

의무가 된 선물

처음엔 까사의 삐끼였다. 자전거로 자동차를 따라오는 그가 안쓰럽다 못해 마음이 아플 지경이었다.

눈썹 위에 검은 사마귀가 달린 그는 우리가 가는 곳마다 있었다. 끈질기게 따라왔다. 배가 고파 길거리 음식을 살 때도, 빵 수레를 끌고 가는 아줌마에게 빵 값을 물어볼 때도 그는 어김없이 옆에 와 있었다. 몸을 돌리다가, 고개를 돌리다가 그와 마주치면 악몽을 꾼 것처럼 놀랐고 식은땀까지 흘렀다. 우리는 이 도시에 머물지 않을 것이며 단지 지나가는 길이라고 해도 까사를 소개하겠다며 그는 포기하지 않았다.

차가 밀려 잠시 멈췄을 때 그가 차창을 두드렸다. 창문을 열었더니 아무리 젊게 봐도 쉰 중반은 넘었겠던데 서른이라며 자기소개를 한다. 그러면서 까사는 그만두고 우리에게 관심이 있단다. 스페인어가 아주 자유로웠던 것도 아니고 도로의 차 소리가 시끄러워서 제대로 듣진 못했지만 뒷자리에 앉은 Y가 좋다는 말과 결혼이라는 단어만은 분명하게 들었다.

쿠바엔 외국인과의 결혼을 꿈꾸는 이들이 꽤 있다고 한다. 특히 여자들의 경우가 많단다.

보스턴에서 만났던 한 미국 작가는 쿠바를 좋아해 자주 드나들곤 했다. 그는 쿠바에 갈 때마다 정해놓고 머물던 집의 여자로부터 도움을 받다가 비밀리에 부부 관계까지 맺게 되었다고 했다. 처음엔 컴퓨터나 옷과 같은 필요한 물품을 가져다주고 얼마간의 돈을 주기도 했다는데, 문제는 갈수록 여자의 요구가 많아진다는 거였다. 부자는 아니어도 그 정도의 돈은 있었지만 그런 식의 요구가 마음에 들지 않았고, 그렇게 유지되는 관계도 싫다고 했다.

하지만 여잔 돈이 아까워서 그런 줄 알고 "네게 그 정도의 돈은 사소한 것 아니냐"며 요구가 점점 더 많아지고 집요해졌단다. 처음엔 선물이었던 게 의무가 되어버린 것이다.

문제는 거기에서 끝난 게 아니었다. 그들의 관계는 그녀에 의해 주위에 알려지기에 이르렀고 그는 여러 가지로 불편해지기 시작했다. 이제는 관계 유지 자체를 고민하는 중이라고 했다.

아무래도 외부의 도움을 받는 사람들의 생활은 비교될 수 없을 정도로 좋기 마련이다. 그러니 주위의 사람들은 그런 스폰서를 갖고 싶어 하고 소개받길 원한다고 한다. 그러나 이런 관계는 '매춘'과 다름 없고 소문이 나면 위험하긴 두 사람 모두 마찬가지다. 쿠바에서 외국인과의 '매춘'은 매우 엄하게 처벌된다고 했다. 그러나 불법은 비밀을 조장하고, 비밀스러운 것일수록 더욱 달콤한 법이니 바이러스처럼 빠르게 퍼지기 마련이다.

혹시라도 삐끼가 그런 관계를 입에 올리는가 싶어 오만 정이 다 떨어졌다. 도무지 바랄 것을 바래야지! 그런 생각만으로도 불쾌하고 불결하고 징그러웠다. 마침 앞의 차가 빠져서 그를 따돌렸다. 열심히 자전거 페달을 밟으며 따라오던 그도 더 이상 보이지 않아 안도를 하며 한쪽에 차를 세우고 점심거리를 찾았다. 그런데 그가 앞에서 불쑥 나타났다. 얼마나 놀랐는지 차가 덜컹 하는 느낌이었다. 너무 놀라고 당황스러워 문을 걸어 잠그고 열어주지 않았다. 소름이 끼쳤다. 어디에서 샀는지 그의 손엔 파인애플이 들려 있었다.

계속 두드려대는 통에 결국 창을 내리니 파인애플을 불쑥 내민다. 하나 팔아달라는 소린 줄 알고 얼마냐 물었더니 선물이란다. 완강하게 거절을 하자 선물이라며 건네는 표정이 간절하기까지 했다. 고맙다며

받아들고 출발하려니 또 차를 세운다. 이번엔 선물을 줬으니 선물을
달란다. 뭔가를 주면 좋을 것도 같아서 찾아보니 눈에 띄는 것이 없다.
짐은 트렁크에 꽉꽉 눌려 있고 차 안에는 먹던 음식물이 전부였다. 이
리저리 찾아도 선물로 줄 것이 없다. 그에게 칼로리 바와 초코바를 건
넸더니 이런 것 말고 다른 것을 달란다. 뭘 달라는 소린지도 모르겠지
만 알아도 줄 게 없었다. 우리에게 줄 것이라고는 칼로리 바와 초코바
외엔 생수밖에 없었기 때문이다. 그리고 어린 아이들에게 줄 몇 가지
가 있었는데, 그렇다고 그에게 머리고무줄이나 만화 캐릭터가 있는 수
첩을 줄 수는 없는 노릇이었다.

그는 몹시 불쾌해 하며 기분 나쁜 표정이었다. 땀으로 번지르르한
검은 얼굴에 짜증이 가득했다. 공연히 미안해 그에게 파인애플을 돌
려줬다. 그는 버럭 화를 내더니 알아듣지 못할 소리를 하며 횡하니 가
버렸다.

더는 어쩌겠는가. 그도 불쾌했겠지만 우리가 느낀 불쾌감도 만만찮
았다. 먹으려던 점심도 그만두고 시동을 걸었다. 또다시 그가 나타날까
봐 신경도 쓰였지만 더는 그 도시에 머물고 싶지 않았다. 기념품도 사
고 도시 구경도 하려던 계획이 그로 해서 물거품이 됐다.

우리 도시를 빠져나왔다. 단순한 호의를 받아주지 못한 건 아닐까
마음이 불편했다. 그가 준 파인애플이 차가 흔들릴 때마다 내 발치를
툭툭 치며 굴러다녔다. 파인애플 가시에 찔릴 때마다 그의 이마에 있
던 커다랗고 새까만 사마귀가 떠올랐다. 【쿠바】

봄 햇살이 눈부셨던 것 같아. 마당에 이불 호청을 빨아 널어서 바람이 불 때마다 이불 호청이 넓지 않은 마당을 덮곤 했었지. 완연한 봄 날씨에 엄만 사방 문을 열어 청소를 했고 이불 빨래를 하는 동안 연탄 불 위에 양은솥 가득 물을 끓였어. 장독대 옆에 있는 펌프는 선자네 건넛방 바로 앞에 있었는데 그곳에서 엄만 우리들 겨울 때를 밀기로 했던 거야. 알겠지만 그 시절에 공중목욕탕에 가는 건 연중행사였잖아.

양은솥 하나로 오빠가 목욕을 했고 또 양은솥 하나로 동생이 했어. 그리고 내 차례가 되었던 거야. 붉은 고무다라 절반쯤 채워진 물은 뜨거웠어. 아무리 화창한 봄날이라곤 해도 발가벗고 목욕을 하기엔 추운 날씨였던 거지. 어깨와 등은 시렸지만 다리와 엉덩이는 데일 듯 뜨거워 앉지도 그렇다고 일어서지도 못하고 있는데, 푹 눌러 앉으라고 엄마는 자꾸만 어깨를 내리눌렀어. 내가 고무다라에서 몸을 불리는 동안 엄만 펌프질을 하고 빨래 행구는 일을 계속 했던 거 같아. 물이 식을 때마다 엄만 뜨거운 물을 부어주었어.

모르겠어. 선자네 식구들은 다들 어디를 갔었는지 말야. 집엔 우리 식구들뿐이었지만 그래도 담 넘어 누가 쳐다볼 것만 같았어. 담과 내가 목욕을 하던 펌프가 있는 곳을 널어놓은 이불호청이 커튼 역할을 했지만 바람이 불어 이불호청이 펄럭거릴 때마다 난 한껏 졸아들었어. 그래서 불안한 마음에 잠시도 담장에서 눈을 뗄 수가 없었던 거야.

아마 등을 밀 때였던 것 같아. 아직 다리는 밀지도 않았는데 선자네 식구들이 돌아왔어. 나보다 한 살 어린 선자와 선자보다 네 살 어린 남동생, 그리고 그 아래로 여동생, 그리고 선자 엄마. 엄마 생각엔 발가벗었다고 해도 부끄러울 것이 없다고 생각을 하셨는지는 모르겠어. 그러나 그건 엄마의 생각일 뿐이고 내겐 여자니 남자니 그런 것의 문제가 아니었어. 중요한 것은 내가 발가벗고 있다는 거였지. 생각해 봐. 모두가 옷을 입고 있는데 나만 벗고 있다는 게 얼마나 부끄러운 일인지. 나만 다르다는 게 공포라는 것도 그때 알았던 거야.

엄마는 때를 미느라 자꾸 팔을 잡아당겼지만 몸이 물 밖으로 나오는 것이 싫어 엉덩이를 뺐어. 엄만 때를 미는 것보다 얘가 왜 이러느냐고 날 때리는 일이 더 많았지. 아픈 줄도 몰랐어. 다리를 민다고 나를 일으켜 세웠을 때에는 세상의 시간이 딱 멈췄으면 했어. 모든 것이 정지되어 있고 나만 움직여서 얼른 방으로 가 옷을 입고 싶었던 거지. 그런 와중에 내가 의지할 수 있었던 단 하나는 엄마가 입었던 월남치마였어. 엄만 남색에 색색의 꽃무늬가 나염된 월남치마를 입고 있었거든. 목욕을 시키느라 치마를 둘둘 감아 올렸더랬어. 그 치마를 풀어 내렸다가 호되게 등을 얻어맞긴 했지만 엄마도 더 이상 치마를 걷어 올리진 않았어. 아마 그때 치마를 다시 걷어 올렸다면 난 결코 엄마를 용서하지 못했을 거야.

발가벗은 내 몸을 가려주던 세상 유일한 것, 그 순간 세상 유일한 내 편은 고무줄을 넣은 남색 월남치마였지. 해서 지금도 누군가가 내게 의지가 되어줄 때면 나는 엄마의 남색 포프란 월남치마를 떠올리곤 하는 거야. 얼마나 어금니를 꽉 깨물고 치마를 잡은 손에 힘을 줬는지 부들부들 떨렸어. 모르겠어. 그것이 추워서 그런 건지 부끄러움을 참느라 그랬던 건지 아니면 분해서 그랬던 것인지는.

그리고 수없이 다짐했지. 절대 마당에서 목욕을 시키는 그런 엄마는 되지 않겠다고. 아이에게 부끄러움을 주는 그런 어른은 절대로 되지 않겠다고.

밖에서 했던 목욕 때문에 감기에 걸렸던 건지 난 좀 아팠어. 오빠와 동생은 괜찮았던 걸 보면 꼭 목욕 때문이라고는 볼 수 없었지만 무슨 이유에서건 난 여러 날 앓았지. 마당에서 목욕을 하고 난 이후로 나는 이전의 나와 달라졌던 거 같아. 골목에서 노는 일도 드물어졌고 어쩌다가 놀아도 이전처럼 재미있지 않았거든. 그런 일은 마당에서 목욕을 해보지 않은 아이들의 것이란 생각이 들었어.

선자가 내게 뭐라고 했던 것은 아니지만 선자를 보는 일도 즐겁지 않았어. 왠지 그랬어. 그러나 그런 것은 사소한 것이고 정말 큰 변화는 봄을 싫어하게 된 것이 아닐까 해. 더 이상 내게 봄은 봄방학이 있는 봄이 아니었어, 하얀 스타킹을 신는 봄이 아니었어, 치마를 입고 봄 소풍을 가는 봄이 아니었던 거지. 담벼락 응달에 쌓인 눈까지 다 녹아 땅이 질척거리는 봄이었고 입은 옷이 더워 땀으로 목덜미 때나 밀리는 그런 봄이었던 거야. 봄이란 이 세상에서 없어져야 할 계절이 되어버린 거지. 막 초등학교 2학년이 되면서 겪었던 그 해 봄을 내가 어떻게 잊을 수 있었겠어.

난 그런 어른이 아닌 줄 알았어. 아이에게 부끄러움이나 주는 그런 어른 말이야. 그냥 야구 구경이나 했으면 좋았을 것을. 사진을 찍더라도 멀찌감치 떨어진 곳에서 아무도 몰래 찍었으면 좋았을 것을. 야구 글러브에 얼굴을 가린 아이의 눈물을 보았을 때, 절대 '그런 어른'은 되지 않겠다던 나 역시 이미 '그런 어른'이 되어 있던 것을 깨달았던 거지. 난 언제 '그런 어른'이 되었던 걸까.

어떤 선물

방학이라 그는 고향으로 내려왔어.
서울의 친구가 그를 보러 내려오겠다고 했어.
그러면서 필요한 게 뭐 없느냐고 했지.
그의 생일이 가까워졌던 거야.
그는 괜찮다며 그냥 두라고 했어.
두 친구는 돈이 많지 않았거든.
그럼에도 막무가내로 내려오겠다고 하니까
그는 친구에게 KTX를 타고 오라고 했어.
그게 받고 싶은 선물이라고.
그는 친구가 무궁화 호를 타고 예닐곱 시간 고생하며
오는 것이 싫었던 거야.
그의 친구는 KTX를 타고 와서 사흘을 머물다가 갔어.
세상에는 이런 선물도 있더라는 거야.

꼭 행복하지 않아도 괜찮아

비냘레스
아바나
바라데로
산타클라라
피나르 델 리오
시엔푸에고스
시에고 데 아빌라
후벤투드
트리니다드
까마구웨이
올긴
바야모
바라코아
관타나모
시에라 마에스트라 산맥
산티아고 데 쿠바

길에서 만나는 인연들

아바나에서 비냘레스로 출발하면서 고속도로 대신 국도로 길을 잡았다. 숨어 있는 작은 도시도 돌아볼 수 있을 것 같아서였다.

그러나 쿠바는 그렇게 돌아보기에 수월한 곳이 아니었다. 곳곳이 웅덩이처럼 파인 도로도 그렇지만 이정표는 물론 지도에도 그려지지 않은 곳이 너무 많았다.

수도 없이 길을 물었다. 신기한 건 그렇게 많이 길을 물었지만 모른다거나 틀린 길을 가르쳐준 사람이 없다는 거였다. 아이든, 노인이든 여자든 모두 길을 알고 있었고 또 너무나도 친절했다. 마치 길을 알려주기 위한 사명을 띠고 태어난 것처럼 말이다. 사람이 이정표고 사람이 지도였다.

아바나에서 서쪽으로 길을 잡았다. 목적지는 비냘레스였으나 지나는 길에 마음에 드는 작은 도시를 만난다면 여장을 풀기로 했다. 그러나 아바나 도심을 벗어나 그 계획이 얼마나 부질없는 것인지 알기까진 많은 시간이 필요치 않았다.

수없이 작은 마을들을 지났으나 어디에도 묵을 만한 곳은 보이지 않았다. 아바나 시내를 채 벗어난 것 같지도 않은데 아스팔트는 낡았고 오가는 차량도 드물었다. 길 위에 우리 차만 달리고 있는 거 같았다. 최고 속도를 내며 달리는 것처럼 온몸으로 속도감이 느껴졌으나 속도계를 보면 겨우 시속 40킬로미터를 넘지 못했다. 아스팔트 길은 아스팔트 길이건만 파이고 깨져서 비포장도로나 마찬가지였다.

시내를 벗어나자 집단 농장들이 나타났다. 대규모 양계장을 지날 때에는 한창 기승을 부리던 신종플루 생각에 두렵기도 했다. 원두막처럼 생긴 농장 앞에 차를 세우고 사진을 찍어도 되느냐 물었더니 몹시

난처한 얼굴로 허락을 받아야 한단다. 친절한 그를 곤란스럽게 하고 싶지 않아 걸음을 돌렸다. 그 길엔 그런 농장들이 줄기차게 나타났다.

세 갈레 갈림길이 나타났다. 어디에도 이정표가 없었다. 길목마다 차를 기다리는 사람들이 모여 있다. 그들 앞에 차를 세우고 길을 물을 수는 없었다. 사람들과 한참 떨어진 곳에 차를 세웠다. 길게 줄지어 선 사람들이 보였다.

쿠바 도착 며칠만에 터득한 것이 있다면 긴 줄 끝엔 먹을 것이 있다는 것. 단조롭고 지루한 여행에서 먹는 것만큼 큰 위로가 어디 있겠나. 다가가서 보니 사탕수수 주스를 뽑는 곳이다. 사탕수수 줄기를 기계에 넣어 주스를 짜서 얼음물에 부어준다. 얼마나 시원하고 달던지 쿠바의 더위가 한꺼번에 달아나는 기분이었다. 두 잔을 거푸 마시고 그에게 길을 물었다. 가는 길 멀리까지 길 안내를 해준다. 얼마를 달리면 갈림길이 나오고 그 길에서 또 얼마를 달리면 언덕이 나온다며 일러주는데 내비게이션이 따로 없다.

누군가의 행운이 되고 싶었어

끝없이 이어지는 붉은 땅과 바나나 밭. 우리는 유기농 농사와 최고 품질의 담배 생산지로 유명한 피나르 델 리오 지방을 달리고 있었다. 거대한 바나나 농장 한가운데를 지나서 비냘레스가 있다. 비냘레스로 가는 길은 좁고 구불거렸으며 오르막과 내리막이 끝없는 이어지는 산길. 도로엔 차가 거의 없다. 아주 가끔 트럭이나 올드카가 지나갈 뿐 세상엔 우리만 있는 듯 적막했다.

우리가 제대로 가고 있는 것인지 알 수 없었으나 거의 외길이었기에 길을 잃을 가능성도 별로 없었다. 가끔은 차가 지나갈 수 있을까 싶을 정도로 좁은 도로가 나와 걱정이 되기도 했지만 그럴 때마다 사람들이 이정표가 되어주었다.

오르막이 한동안 계속되었다. 그늘 하나 없는 뜨거운 대지를 에어컨까지 켜고 달렸으니 차가 걱정이었다. 에어컨을 끄고 오르막을 겨우 올라 차를 식히려고 나무 그늘에 주차를 하고 보니 어느 집의 입구. 차 소리에 뚱뚱한 여자가 나왔다.

여행객들은 보통 비아술을 타고 도시를 이동한다. 비아술은 고속도로를 달리기 때문에 이런 한적한 시골길엔 여행객이 거의 없다고 한다. 쿠바의 여자들답지 않게 수줍음이 많은 여자는 낮잠을 자던 중이었다고 했다. 집 앞에 차가 멈추는 소리에 놀랐다며 무척이나 반겼다. 그녀는 생각난 듯 잠시 안으로 들어가더니 처음 보는 과일을 꺼내온다. 생긴 것은 망고처럼 보였으나 망고는 아니다. 망고와 아보카도의 중간쯤이라고나 할까. 크기도 들쑥날쑥했고 손가락이 쑥 들어갈 정도로 물컹해진 부분도 있어 상품으로서의 가치는 이미 상실했다.

그래도 값을 치르고 과일을 샀다. 여자는 얼마를 받아야 할지를 몰라 망설였다. 과일 값을 세우세로 지불하니 깜짝 놀라며 좋아한다. 그녀에게 느닷없는 행운이 되고 싶었다. 내가 누군가에 언제 행운이 되어보겠나. 나 같은 사람도 행운이 될 수 있을 정도로 쿠바는 가난했고 사람들은 순수했다.

우리들 소리에 안에서 배가 유난히 불룩한 남자가 나왔다. 웃통을 벗고 있는 그는 금세 잠에서 깨어난 듯 눈동자는 탁하게 붉었고 눈곱까지 끼어 있었다. 사진을 찍어도 좋겠느냐 물으니 두 사람 다 어쩔 줄을 모른다. 머리를 매만지는 그들을 향해 렌즈를 들이대자 여자는 계속 남자의 배를 쓰다듬는다. 배를 가려주고 싶어서 그랬을까. 나도 모르게 남자의 배를 쓰다듬는 여자의 손에 초점을 맞췄다. 셔터가 끊기자 한여름 낮의 꿈같은 한 토막이 뚝 잘려져 가슴으로 뛰어들었다.

　남편의 배에 얹힌 그녀의 손이 생각하고 싶지 않은 일을 떠오르게 했다. 한참 전의 일이었다. 그날 동석한 사람들은 그 자리에 없는 사람의 이야길 하는 중이었고 그에 대해 좋지 않은 이야기가 한동안 계속되었다. 마음이 편치 않았다. 그 사람은 나와 가까운 사람이었기 때문이다. 그러나 그를 위해 단 한마디도 할 수 없었다. 내가 모르는 일이었고, 그들의 일이었고, 나와는 상관이 없는 일이었고, 공연히 편들다 상황이 더 나빠질 것도 염려가 되었다. 한 가지 일에 그렇게 많은 이유가 있을 수 있다는 것에 놀랐었다.

　아무튼 내가 나설 만큼 그와 친한 것은 아니라고 불편했던 마음을 다독였었지만 실은 내가 나서도 좋을 만큼은 또 되는 관계였다. 지금까지 내가 그 일을 마음에 두고 있는 것을 보면 그를 변호해도 좋을 만큼의 거리에 더 가까웠던 것이 아닌가 한다. 아마도 공연히 변호하려다가 없는 자리에서 나까지 흉잡힐까봐 침묵했던 것일 테다.

　끝내 입을 다물고 있었던 나는 어떤 이유로든 비겁했다. 가끔 농담처럼 같은 편이라고 했던 적도 있었던 터라 그가 정말 잘못한 일이라고 해도 그를 위한 변호 한 마디쯤은 했어도 좋았을 것이다. 아니면 그를 위한 변명이라도. 그게 같은 편이니까.

　언제나 어떤 상황에서도 내편이 되어줄 '내편'을 꿈꾸면서 내가 먼저 누군가의 '내편'이 되어주진 못했다. 그 후회가 많이 깊었던 모양이다. 남편의 배를 가려주려는 그녀의 손이 남자의 배보다 훨씬 커보였다.

　얼마를 달렸을까. 길은 점점 더 붉어졌고 가끔 잘 다듬어진 흔적이 보였다. 그러더니 어느 순간 비아술이 우리를 앞질러 달리기 시작했다. 길을 잃은 것은 아닐까 불안했던 마음에 비아술이 반가웠다. 드디어 비날레스가 가까워진 모양이다. 오가노스 산맥과 로사리오 산맥이 만들어내는 둥근 사각형의 연봉들이 늘어선 기묘한 느낌의 비냘레스 벌판이 내려다보였다. 마치 건초더미 같기도 하고 코끼리 같기도 한 벨레 모고테와 에르마나스 모고테가 보였다.

금세라도 공룡이 나올 듯한 계곡을 우리는 달렸다.

시가의 고장 비냘레스

보스턴에서 만난 까따는 콜롬비아 사람이었다. 본명이 카탈리아였는데 애칭으로 까따라고 불렀었다. 그녀의 할머니는 아주 어릴 때부터 시가를 피웠다고 했다. 정확하게 몇 살부터였는지는 모르겠지만 그때부터 지금까지 시가를 입에 물고 산다는 것이다. 가족이나 의사가 건강을 위해 줄이거나 금연을 권했으나 시가는 할머니의 삶에서 큰 즐거움이었기에 끊을 수가 없었다고 한다.

그러나 할머니 역시 건강을 생각하지 않을 수가 없어서 나름의 방법을 찾았다고 하는데, 그게 바로 유기농 채소를 이용한 식이요법이었단다. 그리고 까따 할머니가 건강을 챙겼던 건 오래 살고 싶다기보단 시가를 좀더 오래, 많이 피우고 싶어서였다나. 까따에게 그 이야기를 들었을 때, 할머니 나이는 이미 90이 넘었다.

담배를 피우지 않아 어떤 맛인지는 알 수 없지만 애연가들에게 시가는 상당히 매력적인 것임에 틀림없는 것일 테다. 쿠바의 시가가 유명한 것은 최상급 담배를 키울 수 있는 풍토와 기후 때문이라고 한다. '코이바', '로메오 이 훌리에타', '테 크리스토' 등이 시가 중에서도 특히 사랑받고 있단다.

시가를 말 때 보면 그 굵기와 길이가 제각기 다르다. 시가의 크기는 길이와 두께를 재는 규격 틀이 있어서 그 규격에 맞춰서 만다. '코로나', '로부스토스' 등 사이즈에 따라 불리는 이름이 다르기도 했다. 굵

기든 길이든 담배 잎이 좋아야 시가의 품질도 좋은 것일 터. 그 담배 잎의 최대 생산지가 비냘레스인 것이다.

비냘레스의 흙은 붉다. 눈 닿는 곳마다 담배 잎이 무성했고 그 사이사이 붉은 길이 나 있었다. 길을 걸으면 마치 인절미 위를 걷는 듯 흙이 찰지다.

언덕 위로 난 붉은 길을 따라서 걷다 보니 어느 농가의 마당이었다. 개가 있었으나 짖지 않았다. 농가에서 넓게 펼쳐진 담배밭과 구릉을 보고 있노라니 한 노인이 나온다. 뾰족한 창고에 대해 묻자 담배를 말리는 '보이오스'라고 한다.

창고에는 천장부터 바닥까지 담배 잎으로 가득했다. 마치 누에를 키우듯 층층이 단을 만들어 담배 잎을 걸쳐 놓았다. 담배 잎은 보통 50일 동안 말린다고 했다. 봄에 추수를 해서 창고에서 말리는데, 지금은 한창 자라는 중이란다. 담배 농사로 늙었다는 그의 손가락 사이에서 시가 연기가 피어올랐다.

하루에 한 시간씩 10년을 계속 하면 뭔가가 되어도 된다고 하는데, 깨어 있는 동안 담배 농사를 지었고 그 일로 30년을 넘게 보냈으니 그는 도인의 반열에 올랐음직 하다. 그의 손가락에는 담배 물이 흙물처럼 배어 있었다.

창고에서 나오니 그의 아들 내외가 집안으로 들어오라고 한다. 부담스러웠으나 이쯤 되면 담배라도 하나 팔아줘야 할 것 같아 들어갔다. 파인애플과 무화과 주스를 내왔다. 이제 빼도 박도 못하고 담배를 사야할 판이다.

집안을 둘러보라고 권했다. 방 두 개가 깔끔하게 정리되어 있다. 침구는 몹시 낡았으나 깨끗했고 넓은 창으론 언덕 아래의 풍경이 고스란

빨래를 널어두고 빨래가 만든 그늘에 앉아 있었어.

빨래에서 물이 떨어지는 거,

바람에 그늘이 흔들리는 거,

빨래가 말라가는 것을 보면서 하루를 보냈지.

때론 이렇게 아무것도 하지 않고 지내는 일도 중요한 것 같아.

히 들어왔다. 바람에 날리는 커튼을 보니 이 집이 까사라면 묵고 싶다는 생각이 순간 들었다. 마음의 동요를 눈치 챘을까. 그들은 정식 까사는 아니지만 방을 빌려주기도 한다고 귀띔했다. 물론, 그것은 불법이다. 들키면 그들뿐 아니라 우리도 불이익을 당할 수 있는 일이다. 그런 걸 떠나서라도 그곳에선 잠을 잘 수 없다. 그 방엔 에어컨이 없었다. 에어컨 없는 쿠바의 여름은 상상할 수 없는 일이다. 적어도 내겐.

뒷문으로 나서니 멀리 펼쳐진 구릉이 한꺼번에 들어오고 가까이에선 작은 나무와 풀꽃들이 고왔다. 사진을 찍고 있노라니 주인 여자가 다가와 어떤 한국 감독이 자신의 집에서 영화를 찍었다고 알려준다. 감독 이름을 말하는데, 아무리 들어도 무슨 소린지 알 수가 없다. 무슨 영화인지 알 수 없었지만 영화를 찍기에 좋은 장소임엔 틀림이 없다. 그저 집이 앉아 있는 모습만으로도 영화가 될 정도로 이야기가 있는 풍경이랄까. 볕이 드는 벽에 의자를 두고 앉아 있으면 마치 집이 말을 걸어올 것 같았다.

묻지도 않았는데 아주머니가 담배 잎을 가지고 와서 우리 눈앞에 내보인다. 그리고 식탁에 놓고 말기 시작했다. 어찌나 손놀림이 재빠른지 커다란 담뱃잎이 순식간에 다 말아진다. 끝을 칼로 잘라 마무리 하면 완성. 시가가 만들어지는 과정을 처음으로 본 것이다. 나는 담배 잎을 잘게 썰어 종이로 말아 넣는 줄만 알았다. 그런데 그냥 담뱃잎을 몇 장을 추려서 둘둘 마는 게 끝이라니. 그제야 이해가 됐다. 시가의 재가 왜 돌돌 말리는 줄. 담뱃잎을 만 그 모습 그대로 재가 되는 것이다.

담배를 팔기 위해 건조장을 견학시켜 주고 주스를 내주고 시가를 마는 퍼포먼스까지 보여줬을 텐데, 문제는 우리가 담배를 피우지 않는다는 거. 무엇보다 선물로도 사갈 수가 없었다. 한국이 아니라 미국으로 다시 돌아가야 하는데, 미국에 입국할 때 쿠바 커피와 시가와 럼주는 가지고 갈 수가 없다.

물론 우리 사정을 말하며 그냥 나올 수도 없었다. 사서 버리는 한이 있더라도 어쨌거나 사야 했다. 그래서 다섯 개를 샀다. 그들의 실망스런 낯빛에 어찌나 미안하던지. 담배를 많이 사지 않은 미안한 마음에 마당을 나서는 걸음이 빨라졌지만 마음은 자꾸만 뒤를 돌아봤다.

말랑하게 부푼 아침

밤새 돌아가던 커다란 선풍기 바람과 소리에 꿈자리도 펄럭거렸다. 선풍기 돌아가는 소리와는 다르게 방안 공기는 후텁지근했다. 문을 열고 밖으로 나서니 아침부터 햇빛이 강하다. 바깥의 공기 또한 후텁지근했다. 이른 아침이라선지 거리엔 오가는 사람들이 드물었다.

그때 노인이 수레를 끌고 숙소 앞에 멈췄다. 숙소 계단을 올라오는 노인의 손엔 빵이 들려 있다. 빵을 받아들고 돌아서던 숙소 주인과 눈이 마주쳤다. 순간 빵을 사야겠다는 생각이 들었다. 스페인어가 필요해 자고 있는 D를 깨웠다. 잠결에 일어난 D는 영문도 모른 체 밖으로 끌려나와 멀리 수레를 끌고 가는 노인을 불러 세웠다.

큰소리로 얼마냐고 물으니 파는 빵이 아니라고 한다. 그러면서도 노인은 길을 되돌아와서 빵을 하나 주고는 다시 가던 길을 갔다. 빵은 주민들을 대상으로 집집마다 배달을 해주는 것이었다. 몫이 다 정해진 빵일 터인데 우리를 위해 하나 주고 간 것이다.

빵을 많이 먹긴 하지만 쿠바의 주식은 쌀이라고 한다. 우리의 제과점처럼 쿠바엔 빵 공장이 있다. 때가 되면 우리네 골목에 밥 냄새가 나듯 이곳의 마을에선 빵 굽는 냄새가 진동한다.

쌀이 익는 냄새든 빵이 구워지는 냄새든 구수하고 따뜻하고 말랑한

것은 똑같다. 처음 본 여행자에게 짜증도 내지 않고 걸음을 되돌려 노인이 빵을 건네주고 간 아침. 아마도 오랫동안 나의 아침은 이날의 아침이 대신할 것 같다. 지금도 금방 구운 따뜻한 빵의 말랑한 감촉, 보드랍게 부푼 그날의 아침이 생생하다. 이른 아침에 모기에 물린 가려움까지도.

더위, 모기 그리고 파자마

습관처럼 일찍 눈이 떠졌다. 문틈으로 빛이 새어들었다. 시계를 확인하고 샤워를 하기 위해 일어나려다 오늘은 이곳에서 머문다는 걸 깨달았다. 늦잠을 조금 더 자도 좋았다. 그러나 한번 깬 잠은 다시 오지 않는다.

비날레스는 특히나 무더웠다. 우리가 머물던 날이 유난히 더웠던 건지 아니면 분지처럼 파인 곳이라 지리적으로 더운 곳인지는 모르겠지만 쿠바 전역을 돌면서 가장 기억에 남는 더위였다. 거기다가 모기까지 무척이나 많았다. 숙소뿐이 아니라 바깥도 마찬가지였다. 저녁에 잠시만 밖에 나가도 모기에 잔뜩 물리는 판이다.

저녁 무렵 지는 볕이 좋아 거리에 나설 때는 생각다 못해 잠옷으로 가져간 긴 바지를 입었다. 딱히 잠옷은 아니었지만 잠옷 대용으로 가져갔으니 잠옷에 다름 아니다. 더위도 참을 수 없고 모기도 참을 수 없었다. 차라리 잠옷을 입고 돌아다니는 창피함은 얼마라도 견딜 수 있었다. 이곳 사람들, 두 번 볼 것도 아니고.

비날레스에서 자주 볼 수 있었던 건 일하는 소들이었다. 소 두 마리의 뿔을 하나로 묶어서 일을 시키는 건 쿠바에서 처음 봤다. 뿔이 서

로 묶여 공동운명체가 된 소 한 쌍이 수레나 썰매처럼 생긴 걸 끌고 있었는데, 그 썰매에 사람이 타기도 하고 짐을 싣기도 한다. 아마도 풀이 많고 흙이 매끄러워 가능하겠지만 썰매가 마치 물 위를 달리듯 도로 옆을 지나다니는 걸 많이 보았다.

그러고 보니 쿠바에 머무는 동안 나는 쇠고기를 보지 못했다. 돼지고기도 흔하게 먹을 수 있는 게 아니고 닭고기 또한 마찬가지긴 하다. 하지만 소는 교통수단으로 대신 이용하기도 하고 농사에 절대적으로 필요한 존재여서 고기로는 먹기 힘든 것이다. 쇠고기를 찾기 힘든 건 인도와 많이 비슷하나 거리에 게으르게 눕거나 어슬렁거리는 인도의 소와 다르게 쿠바의 소는 삼삼오오 묶여 노동에서 헤어나지 못하는 게 다르다고 할까.

찻길 옆에서 소가 끄는 썰매를 타고 지나가는 농부를 만났다. 말을 건넨 것도 아닌데 사진을 찍으라며 일부러 소를 세워 렌즈를 보시기도 하고 먼 곳을 응시하기도 한다. 많이 찍혀보신 듯 했다. 그리곤 다 찍었느냐 묻고는 길을 간다. 마치 손녀를 위한 할아버지의 친절 같아 농부의 뒷모습을 오래도록 바라보았다.

데일 듯 뜨거운 태양을 안고 농부는 그렇게 소를 몰아 떠나갔다. 그 옆으로 매연을 내뿜으며 붉은 트랙터가 지나갔다.

지루한 비냘레스

1999년, 1억 년 전에 형성된 것으로 알려진 비냘레스 계곡이 유네스코에 의해 세계 자연문화유산으로 지정됐다. 하지만 쿠바 화가 레오비질도 곤잘레스가 그린 거대한 벽화가 있는 절벽, 그러니까 뮤랄 데 라 프레이스토리아(Mural de la Prehistoria) 공룡과 고생대 화석인 암모나이트, 호모 사피엔스 등 다양한 그림이 그려진 벽화는 사실 조잡스러웠다.

　비냘레스 계곡을 돌아보고 담배 농장까지 둘러보고 나니 딱히 갈 곳이 없었다. 일몰이 가까워지면 빛이 만들어내는 풍경이 아름다웠지만 그림자가 없는 대낮엔 숨 막히게 더울 뿐이다. 다른 곳처럼 숙소에 에어컨이 있는 것도 아니고, 에어컨이 있는 작은 방은 시원함보다 참기 힘든 냄새 때문에 도무지 들어가고 싶지 않아서 우린 하릴없이 차로 비냘레스 일대를 돌아보았다. 순전히 차의 냉방시설에 의지하고픈 마음이었을 것이다. 그러다 우연히 들어선 학교.

　교문쯤 되는 곳에서 안을 두리번거리니 아이들이 우르르 달려 나온다. 선생님인 듯한 남자가 밖으로 고개를 내밀었다. 들어가도 괜찮은지 물었더니 흔쾌히 허락한다.

　선생님은 점심식사 중이었고, 점심을 마친 아이들은 컴퓨터를 하거나 텔레비전을 보고 있었다. 우리나라 산골 분교처럼 이곳에서도 여러 학년의 학생들이 한 교실에 모여 수업을 했다.

　학생이 모두 몇 명이냐 물었더니 선생은 칠판에 숫자를 적어가며 수업을 하듯 설명한다. 아무래도 내가 들고 있는 카메라 때문에 신경이 쓰였나보다.

　학교 아이들 모두가 교실로 모여들었다. 갑자기 선생님이 아이들에게 모두 앉으라고 지시했다. 그리고는 수업 준비를 한다. 교탁에는 선생님이 먹던 도시락이 그대로 열려 있었고 대신 파리 떼가 수북하게 앉아 점심식사 중이다.

　선생님에게 미안하기도 했고 아이들에게도 노는 시간을 뺏은 것 같아 미안했다. 인사를 하고 나섰다. 선생은 현관까지 따라 나와 우리가 차의 시동을 걸고 학교를 빠져나올 때까지 손을 흔들었다. 학교를 나오고서야 그들에게 초코바라도 건네고 올 것을 하는 후회가 일었다.

오래 걸은 발에 굳은살 한두 점,

세월을 많이 건너온 가슴에 옹이 하나 둘쯤 누군들 없을까.

드러내지 않고 삭히며 날이 새면 또 걷는 거지.

얼마나 달게 잘 먹을 것인가. 언제나 그렇듯 후회는 늘 늦다.

선생은 그날 도시락을 마저 먹었을까. 어느 날의 달고 단 꿈처럼 그 날의 일들이 가끔 떠오른다.

비냘레스의 일몰은 부드럽고 화사했다. 관광객이 많아 까사와 식당, 기념품 가게가 도로를 따라 길게 형성되어 있다. 그 길로 길게 해거름 이 온다. 보폭 큰 발자국처럼 성큼성큼 다가오는 붉은 빛은 넓은 휘장 처럼 그 일대를 일시에 뒤덮는다.

석양을 밟으며 동네 구경을 하다가 이발관을 발견했다. 밖에서 구경 하느라 기웃거렸더니 들어오란다. 서툴지만 영어를 했다. 가격을 물으 니 5세우세라 한다. 비싸다고 돌아설 때마다 가격이 내려갔다. 어렵지 않게 2세우세에 낙찰을 보고 J의 머리를 잘랐다.

2세우세도 쿠바에선 큰 돈이지만 미국에서는 20불을 내고 거기다 가 팁까지 줘야 하니 거저나 다름없다. 거기다가 쿠바 식으로 깎은 머 리는 잘 어울렸다. 쿠바 식이란 우리나라의 스포츠머리 스타일쯤 되는 것 같다.

우리와 흥정을 했던 남자는 자기는 종업원이 아니라는 걸 열심히 강 조했다. 지기도 이발을 하기 위해 왔던 거라며 머리를 자르면서까지 증 명하려 애를 썼다. 그럼 이발관 삐끼였던 건가? 아무튼 그는 영어도 좀 하는, 잘 나가는 동네 오빠쯤 되는 것 같았다.

까사의 주인은 처음부터 마땅찮았다. 우리가 가려고 했던 곳에 사람 이 차서 세 군데를 돌다가 겨우 얻은 곳인데 방 하나엔 에어컨조차 없 었지만 더 이상 방이 없어 어쩔 수 없이 계약을 해야만 했다. 비수기가 따로 없을 정도로 비냘레스는 관광객이 많아서 그런지 까사의 인심도

야박했다. 우린 냉장고에 가득 채워져 있던 술과 생수 그리고 음료수들을 몽땅 꺼내놓고 우리 생수를 채워 넣는 소심한 복수를 했다.

화장실엔 반 토막도 남지 않은 화장지가 걸려 있었다. 휴지를 다 쓰고 나면 새것으로 주기 마련인데 이 까사는 쓰다가 남은 걸 줬다. 처음으로 저녁을 먹었는데 어찌나 주스를 인색하게 주는지 얄미워서 일부러 더 달라고까지 했다. 생선은 비려서 거의 먹질 못했고 그냥 소금에 구운 돼지고기는 칼로 잘 썰어지지도 않았으며 입에 들어가면 퍽퍽해 음료수 없인 먹기 힘들었다. 우리가 됐다고 하는데도 그는 왜 맥주를 먹지 않는지 도무지 이해를 못하겠다는 표정으로 서너 번을 더 와서 묻기도 했다. 정말 안 먹겠느냐고. 하기는 그런 주인만 아니었다면 맥주를 마셔도 좋겠다 싶었다.

그러나 정작 힘들고 싫었던 건 다른 데 있었다. 우리가 들어오고 나갈 때마다 목을 빼고 보는 것. 특히 나갈 때에는 문을 살짝 열고서 내다보는데, 우리와 눈이 마주치면 얼른 문을 닫고 다시 빼꼼 내다보길 여러 번이었다. 우리가 계산을 하지 않고 도망을 갈까봐 그랬을까? 아마도 우리가 차에다 다 때려 싣고 야반도주라도 할 것처럼 보였었나 보다.

아바나 까사의 무관심이 몹시도 그리웠다. 내가 그 배불뚝이 가족을 그리워할 줄이야. 【쿠바】

따뜻한 밥 한 그릇

선생님은
아무리 바빠도 가족에게 찬밥을 주지 않았대.
찬밥이 아무리 많아도 새로 밥을 지으셨다는 거야.
작은 밥솥을 따로 사서 찬밥이 많을 때는 거기에 하셨대.
집에서 찬밥을 먹으면 밖에서 찬밥신세가 될까봐 그러셨다는데
그때부터였나봐.
사랑해,
사랑해요,
사랑합니다, 라고 쓰고 자꾸 읽으니까 글자에서 밥 냄새가 나는 거야.
압력밥솥 추가 막 돌고 마지막 김이 빠지면서 나는 밥 냄새가
그 글자에서 솔솔 나더란 말이지.
그리고는 밥을 해주고 싶어지는 거야.
좋은 사람들 불러서
금세 지은 밥, 김 후후 불어가며 한 그릇 가득 퍼서
그 앞에 놓아주고 싶었어.
간장만 넣어 비벼도 맛있고
계란 프라이에 참기름 넣어서 비벼도 맛있고
김에 싸서 먹어도 맛있는
뜨거운 밥 말야.
밥은 물린 적이 없잖아.
하루 세 끼, 날마다 먹어도 질린 적 없잖아.

나도 아주 작은 밥솥을 샀어.
언제라도 금세 뜨거운 밥을 지을 수 있도록.

쿠바,
체의 나라

비냘레스
아바나
바라데로
산타클라라
피나르 델 리오
시엔푸에고스
시에고 데 아빌라
후벤투드
트리니다드
까마구웨이
올긴
바야모
바라코아
관타나모
시에라 마에스트라 산맥
산티아고 데 쿠바

고속도로 맞아?

처음 계획대로라면 비냘레스에서 국도를 타고 다시 서쪽으로 달려야 했지만 이미 비냘레스까지 오면서 국도를 체험한 상태라 그건 불가능 하다는 걸 깨달았다. 작은 차에 더는 실을 수 없을 정도로 사람도 짐도 가득 찼다. 도로는 상상 이상으로 나빴고 날씨는 이러다가 타이어가 녹아내리지 싶을 정도로 뜨거웠다. 그래서 먼 거리지만 고속도로를 타고 다시 아바나를 거쳐 산타클라라까지 가기로 했다. 물론, 처음의 계획이 일주일도 되지 않아 수정된 것처럼 지금 세운 계획 역시 뜻대로 되지 않을 수 있다는 걸 알고 있다. 그러니 계획이다. 비냘레스에서 산타클라라, 멀다. 하루 종일 달려야 한다.

아바나를 지나고 얼마 되지 않아 가로수가 백양목으로 바뀌었다. 달아오를 대로 달아오른 차를 식히기 위해 다리 밑 그늘에서 쉬려고 해도 차를 얻어 타기 위해 모여 있는 사람들 때문에 도무지 가까이 가지 못했다. 처음엔 모르고 차를 세웠다가 사람들이 태워주려는 줄 알고 달려들어 식겁했다. 그때의 난감함이라니.

우리가 그늘을 찾듯 사람들도 그늘마다 모여 있다. 차 세울 곳을 찾느라 속도를 늦추면 태워달라며 손에 돈을 들고 흔든다. 돈이 있어도 차를 탈 수 없는 게 쿠바의 현실인 것이다.

말이 고속도로지 도로는 갈라지고 파여 차가 튀어 올랐으며 오가는 차도 별로 없었다. 많은 사람이 걸었고 우마차도 다녔다. 때론 반대 방향으로 달리는 차까지 있었다.

햇빛이 너무 강렬해 자동차 실내로 들어온 빛에 눈이 부셨다. 도저히 운전을 할 수 없을 정도로 빛이 튀어 올라 눈을 찔러댔다. 선글라스를 썼지만 눈이 따가웠다. 검은색 반바지, 티셔츠 등 검은색 물건을 꺼

과거형으로 말하는 일이 잦아졌어.

마음이 아직 지난 시절 어디쯤에 있기 때문이겠지.

마음이 자주 머물고 있는 그 시절로부터 나는 얼마나 먼 곳에 있는 것일까.

그리고 우린 또 얼마나 멀리 있는 거지?

내 앞쪽 유리 아래에 깔아놓았다. 옷에 손을 대면 데일 듯 뜨거웠다.
도대체 몇 도나 되는 거야?

가을에 경상북도 청도엘 가면 도로마다 홍시를 내놓고 판다. 섬진강
변엘 가면 온통 재첩을 파는 식당이다. 얼음골에 가면 사과를 파는 것
처럼 쿠바도 비슷하다. 고속도로 중앙선에 사람들이 뭔가를 들고 서
있었다. 궁금해서 차를 다시 후진시켰다. 청년 둘이 마늘과 치즈와 엿
을 팔고 있었다. 2세우세를 주고 손바닥 크기의 엿을 하나 샀다. 옆에
있던 청년이 마늘과 치즈도 사라고 권한다. 팔아주고 싶어도 마늘을
사서 뭐하나, 있는 마늘도 버리고 싶을 정도로 짐이 많은데. 치즈는 포
장도 하지 않고 두부처럼 생긴 것을 그냥 들고 있다. 마늘과 사탕수수
가 많이 나는 지역이라며 설명을 덧붙인다. 지나온 목축지에 소가 많
더니 치즈도 그래서 들고 나온 모양이다.

지루하게 달리기만 하다가 엿을 먹으니 즐거웠다. 고속도로 중간에
서 물건을 파는 것도, 고속도로에서 후진을 하는 것도, 고속도로 한 가
운데 차를 주차하고 물건을 사는 것도 어디서 해 볼 것인가.

폐백을 드릴 때 시누이들에게 엿을 준다고 한다. 잔소리 하지 말고
입 딱 다물고 있으라고. 엿을 먹느라고 우린 한동안 조용했다. 단물 삼
키는 소리만 때때로 들렸다.

중간 뚜껑 없는 변기 사용법

컴컴해져서야 도시에 들어섰다. 길이 어두웠고 무엇보다 자전거가
많았다. 마치 잠자리 떼처럼 날아들어 차와 부딪힐까 긴장될 정도였
다. 앞뒤로 아이를 태우거나 연인을 태우고 달리는 자전거 그림자가 날
개처럼 보여 어느 순간 하늘로 날아오를 것만 같았다. 쿠바 전역을 돌

아다니는 동안 산타클라라처럼 자전거가 많은 도시는 보지 못했다. 아름다운 느낌마저 들었다.

까사의 입구에서 악취가 나고 바퀴벌레가 기어 다녀서 내키지 않았지만 방 두 개가 있는 곳이 많지 않아 어지간 하면 묵기로 했다. 그런데 내부로 들어가니 겉과는 다르게 호화롭다. 집만 호화로운 게 아니었다. 주인 여자는 온갖 액세서리로 빈 구석을 찾기 어려웠다. 하고 싶어도 이젠 더 이상 걸거나 꽂을 곳이 없을 정도로 화려했다. 관심을 보였더니 무척 자랑스러워 하면서 손을 내밀어 보여주고 고개를 돌려 머리 뒤에 꽂은 장신구까지 보여준다. 그럼에도 밉상이 아니고 뭐랄까, 천진한 느낌이 들었다.

침대가 너무 커서 방이 좁아보였다. 화려한 화장대의 거울이 밀실같은 분위기를 자아냈고 화장실은 더 화려했다. 온통 핑크색으로 치장한 화장실은 장난감 집처럼 보였다. 그런 화려함에도 불구하고 화장실 변기엔 중간 뚜껑이 없었다.

중간 뚜껑이 없는 변기에 빠지지 않고 사용할 수 있는 방법에 대해 생각해 보자.

첫째, 엉덩이가 몹시 크면 된다. 둘째, 다리에 전체 체중을 싣는다. 셋째, 무조건 참는다.

장담컨대 동양인의 표준 엉덩이로 중간 뚜껑이 없는 변기에 앉아 빠지지 않을 확률은 0.1%도 안 될 것이다. 내 엉덩이론 도무지 감당할 수 없는 변기였다. 아, 이러면 곤란해.

자다가 화장실이 급해 잠이 깼다. 화장실의 불을 켜는 순간 비명이 목구멍까지 터져 나왔다. 분홍색 타일 위에서 엄지손가락만한 바퀴벌레들이 방황하고 있었다. 나도 놀랐지만 지들도 놀랐는지 타일 위에 그

대로 죽은 듯 얼음땡이다. 침대로 돌아왔지만 침대까지 기어들 것만 같아서 온몸이 스멀거렸다. 당장 자는 일행을 깨우고 싶었으나 그럴 수도 없고… 밤은 길고 길었다. 대문에 있던 바퀴벌레를 보고 눈치를 챘어야 했다. 하루 종일 달렸던 터라 이틀을 묵으려던 계획은 바퀴벌레로 인해 취소되었다.

하지만 아침식탁에서는 입이 딱 벌어졌다. 여러 번 까사에서 식사를 했지만 산타클라라만큼 종류가 다양하고 양이 많았던 곳은 없었다. 너무 종류가 많아서 미처 손을 대지 못한 것도 있었다. 포장된 치즈와 미국산 크래커, 여러 종류의 잼, 소스는 그 집 외에선 볼 수 없는 것들이었다. 여행을 마치는 내내 우린 배가 고프거나 인색한 식탁과 마주할 때면 종종 산타클라라 까사를 떠올리곤 했다.

'체'를 통해 다가온 쿠바

시작은 그랬다. 한 멋진 친구가 체 게바라를 알고 있었다. 그가 체를 이야기를 할 때면 주위의 사람들은 그에게 집중했고 그의 눈빛은 빛났으며 그를 바라보는 사람들의 눈빛까지 더불어 반짝였다. 내가 다다를 수 없는 곳에 있는, 그 친구가 좋아하는 사람이 누군지 궁금했다.

그러나 90년대, 체를 만나기란 쉽지 않았다. 그저 브리태니커 백과사전에서 '쿠바의 혁명가'라는 단 한 줄로만 그를 만날 수 있었다. 나는 아무도 모르게 체를 키워갔다. 그것은 마치 친구의 연인을 몰래 흠모하는 것 같은 느낌이었다. 체 게바라는 비밀스런 연애처럼 내 안에서 자랐다.

어느 순간, 체의 열풍이 불기 시작했다. 많은 출판물이 쏟아져 나왔고 컵, 티셔츠 하다못해 속옷에까지 체가 등장했다. 체 게바라는 갑자기 소비되기 시작했다. 하버드 대학가의 베스트셀러로 미국인들이 좋아하는 100가지에 보면 체 게바라가 나온다. 미국의 젊은이들도 체를 좋아하고 그래서 체가 프린트 된 티셔츠를 입는다고 한다.

그러나 거기엔 그의 신념이나 사상을 존경해서가 아니라 요즘 말로 하자면 그가 '엣지' 있기 때문이라는 것이다. 사실 그는 '의사'라는 엘리트 이미지로 지적 만족도를 채워주고 있다. 투쟁 중에도 잠을 쪼개 책을 읽은 독서광이기도 했다. 틈틈이 사진을 찍거나 시를 짓는 낭만적 기질까지 갖추고 있으며 잘 생기기까지 했다. 거기에 지병인 천식으로 해서 연민까지 끌어내니 어느 누구라 한들 그를 싫어할 수 있겠는가. 그러나 그가 그 모든 것을 갖췄다 하더라도 얼굴이 못생겼다면 지금 같은 인기를 누릴 수 있을까.

쿠바 곳곳에서 본 사진 속의 그는 배가 유난히 불렀다. 남미 사람 특유의 비만형이었다. 시가를 문 멋진 그의 얼굴과 웃통을 벗어 비만한 몸을 그대로 다 드러낸 체 게바라는 도무지 어색했다. 몸만 두고 보자면 게릴라의 이미지는 전혀 없었다. 그늘에 앉아 도미노를 두고 있으면 딱 어울릴 몸이었다. 어쩌면 '초콜릿 복근'이 아니라 비만한 몸이라서 남자들조차 그를 질투하지 않는지도 모른다고 유난히 배가 나온 사진을 볼 때마다 생각했다. 외모 지상주의적 나의 생각에 상관없이 이제 체는 혁명을 넘어 문화가 되었다고 해도 좋겠다.

정작 쿠바의 젊은이들은 체에 대해 무덤덤한 편이다. 그들은 혁명보다는 장래를 위한 취업준비로 바빴고 이념보다는 숨 가쁘게 열리는 쿠바의 자유경제에 적응하기 위해 고민하고 있었다. 일제강점기를 살아보지 못한 우리나라의 세대들처럼 쿠바의 젊은이들도 바티스타 독재정치를 살아보지 않은 세대이기 때문에 어쩌면 당연한 것인지도 모르겠다.

그 사람, 체 게바라

사르트르가 '20세기 가장 완전한 인간'이라고 칭한 체 게바라는 1928년 아르헨티나의 로자리오에서 태어났다. 체의 이름은 에르네스토 게바라. 의대에 다니던 그는 사촌 알베르토와 모터사이클을 타고 라틴 아메리카를 여행하게 되는데 그로부터 혁명의 길로 들어서게 된다. 멕시코로 향하던 체가 그곳에서 피델 카스트로를 만났던 것이다. 그후 체는 1958년 12월부터 시작된 산타클라라 전투에서 1959년 1월 첫 승리를 거두면서 아바나 혁명의 큰 획을 긋는다.

그리고 피델 카스트로는 "독재에 저항한 반군으로 2년간 무장투쟁에 참전하고 반군 사령관 계급이었던 외국인은 쿠바 국적을 취득할 수 있다"는 법령을 선포하며 체에게 쿠바 시민권을 준다. 아르헨티나 출신이면서 그는 쿠바인이 된 것이다.

혁명 후 쿠바에 머물던 그는 1965년 비밀리에 콩고로 떠났다가 그곳에서의 혁명이 실패로 끝나자 다시 볼리비아로 향한다. 그리고 1967년 10월 8일 볼리비아 군대에 의해 생포되어 다음 날 살해돼 암매장 된다. 이 죽음에는 미국 CIA의 사주가 있었다고도 전해진다.

그의 주검이 쿠바로 돌아와 산타클라라 혁명광장에 묻힌 건 그로부터 30년이 지난 뒤였다. 그래서 하루면 충분히 돌아볼 수 있을 정도로 작은 이 도시에 세계 각국의 사람들이 지금도 체를 보기 위해 몰려든다. 이렇게 체 게바라는 여전히 청년으로 남아 많은 이들의 우상이 되고 신화가 되어 있는 것이다.

1959년 새해 첫날, 체는 레온시오비달 병영 책임자인 에르난데스의 항복을 받아내고 나흘 만에 최후의 저항세력들을 완전히 제압하면서 산타클라라에 입성했다. 그리고 산타클라라는 쿠바 최초로 해방구가 되는 영광을 누리게 된다, 체에 의해서. 산타클라라가 체의 고장으로 불리는 이유다.

1988년 12월 28일, 혁명광장에는 산타클라라 전투 30주년을 기념해 체 게바라 기념관이 세워졌다. 볼리비아에서 총살된 체와 그의 혁명동지들도 30년만에 유골로 돌아와 묻혔다.

그 혁명광장 한가운데에는 체 게바라를 추모하는 거대한 동상이 서 있고, 이른 시간임에도 사람들로 북적였다. 단체관람을 온 학생들은 물론 백인들도 꽤 눈에 띄었는데, 체의 궤적을 따라 혼자 찾아왔다는 멕시코 청년이 오래도록 기억에 남는다.

그는 쿠바를 돌아본 뒤 체가 죽은 볼리비아로 갈 예정이라고 했다. 몇 가지 선택을 앞두고 있는데 여행이 끝난 뒤에 결정을 내릴 거라고 했다. 그는 지금쯤 어떤 선택을 내렸을까? 어떤 선택을 했든 그의 신념대로 살아갈 수 있길 기원한다, 체처럼.

"우리 모두 리얼리스트가 되자. 그러나 가슴 속엔 불가능한 꿈을 가지자."

체 게바라가 했던 이 유명한 말은 전 세계 수많은 젊은이들의 가슴을 뛰게 만들었다. 더 이상 젊지 않은 내 가슴도 뛰었다. 지금도. [쿠바]

개들은 인디언들 사이에서 살면서 인디언 말을 했다고 해.

항상 말을 했고 무엇이든 말했다고 하지.

멈출 줄을 몰랐대. 무슨 일이 일어날 때마다 말을 했다는 거야.

무엇을 들었든 무엇을 보았든 이야기길 했기 때문에 누구도 무
엇을 숨기지 못했지. 비밀을 지킬 수 없었던 거야.

그건 몹시 끔찍한 일이었어.

매일 밤 사람들은 침대에 들어가면서 생각을 했어.

내일이면 어떤 비밀이 쏟아져 나올까, 하고.

그래서 인디언들은 같이 모여서 그들의 위대한 정신에게 기도를
하게 됐지.

우린 더 이상 비밀을 지킬 수 없으니 그 개들에게 무엇인가를
해달라고.

어느 날 아침, 노인이 서서 자기 개를 밀쳤어.

그리고는 말했지.

가서 내가 너를 밀쳤다는 것을 이야기 하라고.

그러나 개는 노인을 쳐다만 보는 거야.

개는 단 한마디도 말하지 못했어.

비밀을 말하지 못하고 단지, 짖을 뿐이었던 거지.

인디언들은 알게 됐어. 위대한 정신이 자신들의 기도를 들어줬
다는 것을.

이제 개들은 무척 많이 짖게 됐어.

마을로 사람들이 들어오는 것을 봐도 짖고 밤에 소리를 들을 때
마다 짖는 거야.

그러나 개들은 더 이상 비밀을 말하지는 못하는 거지.

인디언들은 지금도 아이들에게 말한대.
어떤 비밀을 알고 있다면 말하는 방법을 생각해봐야 할 거라고.

우리도 생각해봐야 하겠지.
비밀을 지키거나
혹은 개 짖는 소리를 하거나.

먼 곳에서 개 짖는 소리가 들리는 밤이야.
누군가에게 비밀이 생겼나 봐.

찬란한 슬픔

아바나
바라데로
비날레스
산타클라라
시엔푸에고스
피나르 델 리오
후벤투드
시에고 데 아빌라
트리니다드
까마구웨이
올긴
바야모
관타나모
시에라 마에스트라 산맥
산티아고 데 쿠바

아이스크림을 욕망하다

'**중**이 고기 맛을 알면 절간의 빈대가 남아나지 않는다'는 속담이 있다. '맛'은 욕망이고 '욕망'은 본성이라 다스려지기가 쉽지 않다. 해서 사람들은 일생을 욕망과 싸우지 않던가. 그러니 다스리지 못하는 사람은 빈대라도 잡아먹어야 하는 것이다.

'안다'는 것은 욕망을 지배한다. 언젠가 소아당뇨를 앓는 아이가 아이스크림 광고를 보고 있는 걸 봤다. 얼마나 먹고 싶을까, 공연히 마음이 시큰했다. 광고를 보지 못하도록 하는 게 어떻겠느냐 했더니 아이의 엄마는 괜찮단다. 아이는 아이스크림의 맛을 모른다고. 맛을 아니 빈대까지 잡아먹고 맛을 모르니 그 보드랍고 달고 찬 것에 입맛을 다시지 않는 것이다. 맛을 안다는 건 어쩌면 불행한 일인지도 모르겠다.

쿠바의 도시마다 '코펠리아'라는 아이스크림 가게가 있다. 얼마나 맛있는지 꼭 먹어보라는 정보가 많아서 도착하는 도시마다 아이스크림을 먹으려고 가게를 찾았다. 아바나에서는 아이스크림을 사기 위한 줄이 한 블록을 돌았다. 천하에 없는 맛이라고 해도 땡볕에 줄을 서고 싶진 않았다.

시엔푸에고스 아이스크림이 제일 맛있었다는 이야기에 시내를 몇 바퀴나 돌면서 아이스크림 가게를 찾았다. 아바나처럼 줄이 길지도 않고 해서 그 줄에 끼어들긴 했지만 그것도 이내 그만뒀다. 그거 하나 먹겠다고 비지땀을 흘리며 서 있는 게 한심한 생각도 들어서, 지가 그래봐야 아이스크림이지 하며 포기했었다.

까마구웨이에선 아이스크림 가게가 숙소 바로 옆이었지만 가는 날이 장날이라고 그날이 바로 문을 닫는 날이었다. 쿠바의 아이스크림과는 통 연이 닿지 않는 모양이라며 체념을 했다.

결국 그 아이스크림을 돌아오는 길에 까마구웨이에서 먹었다. 별 맛 아니었다. 한국에서 흔히 먹는 그 맛보다 못했다. 도시마다 아이스크림 가게를 찾느라 보낸 시간과 수고를 생각하면 실소가 나왔다.

하지만 개인 냉장고가 없는 이들에게 아이스크림은 천상의 음식이 아니겠나. 상점에 가도 낱개로 포장된 아이스크림은 모두 수입이라서 값을 세우세로 치러야 한다. 보통의 쿠바인들이 도저히 사먹을 수 없는 값이다. 그러니 아이스크림 가게에 줄을 설 수밖에 없다. 아무리 길다고 해도 상관없다. 그냥 기다리기만 하면 되니까. 기다림 끝엔 아이스크림이 있고 이미 아이스크림의 맛을 알아버렸기 때문이다.

포장용기가 없어서 사람들은 그릇을 가지고 가서 아이스크림을 받는다. 그릇이 모두 제각각인데 어떤 사람들은 양동이 가득 사 가기도 한다. 그릇의 크기로 그들의 욕망을 유추하며 지루한 시간을 보낼 수 있었다.

아이스크림을 사려고 기다리던 시간처럼 길고 지루한 길의 반복이다. 자는 것에도 지친 우리 눈에 아이스크림이 보였다. 차를 세우고보니 정거장이다. 쿠바에서 자주 보게 되는 것이 황토색 유니폼을 입고 차를 세우는 사람들인데, 제복 색깔 때문에 '노란둥이'로 불리는 이들이다.

교통수단이 절대 부족한 쿠바에서는 합승이 필수다. 차를 가진 쿠바 국민이라면 누구라도 합승을 거부할 수 없다. 차뿐만이 아니다. 바퀴가 달린 모든 운송 가능한 것들이 이에 해당된다. 정거장처럼 사람들이 많이 모인 곳엔 늘 이 '노란둥이'들이 서 있어 지나가는 차를 세운다. 빈자리를 확인한 후 목적지가 같은 사람을 차에 태우는 게 이들의 업무다.

cerveza a granel 700 ml. 3.20
CERVEZA
AGR

아이스크림은 소프트 아이스크림이었다. 땡볕에 서서 차를 세우는 '노란둥이'는 비지땀을 흘리고 있었다. 그 앞에서 아이스크림을 먹자니 왠지 미안해서 하나를 사서 그에게 건넸다. 주차장에 서 있던 사람들의 시선이 온통 우리에게 쏠렸다. 그게 부담스러웠는지 그는 몇 번을 거절하다가 겨우 받았다. 우레와 같은 박수소리가 터져 나오면서 '아말리오(노란둥이)'라는 함성이 터져나왔다. 아이스크림을 받아 든 그는 먹지도 못하고 얼굴이 발개져서 그만 하라고 손짓을 하였지만 군중들의 함성은 그가 아이스크림을 다 먹을 때까지 계속되었다. 차들도 모두 멈춰서 우리를 쳐다보았다. 그날 땡볕 아래서 함성의 중심에 서 있었던 순간을, 때때로 외로운 날, 한 번씩 기억에서 끄집어내곤 한다. 그리곤 빙그레 웃게 된다.

집 두고 이게 뭔 일이람

주방을 써도 된다고 선선이 말을 했더라면 그렇게까지 눈치를 보지는 않았을 거다. 몇 번 까사에 묵고 나니 조금 요령이 생겼다. 방을 두 개 쓰는 대신 돈을 좀 깎아달라고 하거나 아니면 주방을 쓰게 해달라는 거다. 사실 이건 숙박비를 깎으려는 의도가 아니라 주방을 쓰기 위한 나름의 협상 전략인 셈이다. 그렇게 해서 숙박비를 깎기도 했고 주방을 쓰라는 허락을 받기도 했다.

스페인어가 빛을 발하는 순간은 뭐니 뭐니 해도 까사를 구할 때의 흥정이 아닌가 한다. 처음엔 난색을 표하다가 다른 까사로 갈 것 같았는지 마지못해 그러라고 했다. 아줌마 표정이 너무 떨떠름해서 그 포스에 밀려 내일 아침은 까사에서 먹겠다고 하자 겨우 표정이 풀렸다.

점심이 시원찮아 일찍 저녁을 준비하던 중이었다. 메뉴는 햇반과 국이었다. 그릇을 내준 아줌마는 식탁 위에 잘 다림질 된 테이블 보를 깔았다. 됐다고 하는데도 무슨 뜻인지 모르겠다는 듯 깔았다. 테이블 보가 부담 백배다. 국물이라도 튄다면 그 노릇을 어쩌랴. 순간 머릿속으로 국물이 튀지 않게 먹는 온갖 방법들이 지나갔다.

물이 끓는 걸 기다리는 동안 아줌마는 마당으로 이어진 문에 턱 기대 서서 내가 하는 양을 지켜보고 있었다. 햇반이 신기하기도 했겠고 일회용 국거리도 그랬을 것이다. 그러다가 가겠지 했으나 아줌마는 도대체 움직일 생각을 않는다. 말이나 통하면 또 모르겠다. 눈이 마주치면 바보처럼 웃는 것도 한두 번이지, 끓을 생각도 않는 냄비만 뚫어지게 보면서 빨리 끓으라는 주문을 백만 번쯤 외웠던 것 같다.

불편한 마음은 바쁘기만 한데 물은 어찌 이리도 더디 끓는지. 절대로 움직이지 않을 것 같던 아줌마가 인기척에 마당으로 나갔다. 그 틈을 타서 이제 막 끓어오르기 시작한 냄비를 들고 방으로 달렸다. 상으로 쓸 만한 것이 없어서 그냥 바닥에 내려놓고 쪼그리고 앉아 먹었다. 에어컨을 켰으나 뜨거운 것을 먹으니 땀이 범벅으로 흐른다. 쪼그리고 앉아 먹다보니 음식을 삼켜도 더 이상 아래로 내려가는 것 같지가 않았다.

집이 없나 부엌이 없나. 이 먼 곳에 와서 청승이다 싶었지만 보는 눈 없고 눈치 볼 사람 없이 우리끼리 있으니 맘이 편해 좋았다. 소리를 죽이고 웃으며 먹는데 아줌마가 노크를 한다. 갑자기 우린 당황했다. 문을 열자니 바닥에 놓인 꼴을 보이겠고 그렇다고 모른 척 할 수도 없는 노릇이어서 그야말로 대략 난감이라, 먹던 그릇을 들고 우왕좌왕하다가 결국 문을 열었다.

우리를 보고 아줌마는 왜 식탁에서 먹지 않느냐고 물었다. 괜찮다고, 우린 원래 이렇게 먹는다며 아줌마를 돌려보냈다. 바닥에 쪼그리

고 있던 우리를 바라보던 아줌마의 그 눈빛을 어찌 잊으랴. 비냘레스의 아침처럼 시엔푸에고스에서의 밤은 또 다른 의미로 잊을 수 없다. 식탁을 차려주려고 기다리다가 잠시 자리를 비운 사이 다 끓지도 않은 냄비를 들고 방으로 들어온 우리를 시엔푸에고스 아줌마도 쉬 잊진 못할 것 같다.

설마 정말로 한국 사람들이 바닥에 놓고 먹는다는 생각을 하는 건 아니겠지.

아름다운 새벽이에요

격렬한 가려움증에 잠이 깼다. 잠결에 얼마나 긁었던지 환부는 껍질이 벗겨지고 피가 배어나왔다. 나만 긁고 있던 게 아니었다. 불을 켜고는 기겁을 했다. 벽과 천정에 모기가 새까맣다. 대체 이 많은 모기가 어디서 온 것인지.

바다를 끼고 있어 여행자들이 좋아하는 곳, 작지만 깨끗해서 며칠 쉬어가기 좋은 곳으로 시엔푸에고스는 소개된다. 잔잔한 바다가 개울처럼 바로 집 앞에서부터 펼쳐진다. 골목과 바다의 경계가 따로 없어서 집이 바다에 발을 담그고 있는 것처럼 보이는 곳이다. 그런 만큼 모기가 많았다. 낙조를 보러 바닷가에 갔다가 작정하고 덤비는 모기를 피해 숙소로 일찍 들어왔었다. 그때 눈치 챘어야 했다.

쿠바는 유리창이 거의 없다. 물자가 부족한 탓도 있겠지만 추운 겨울이 없는 탓도 있을 것이다. 찬바람 들어올 일이 없으니 밀폐되지 않아도 크게 불편하진 않을 것 같다. 어떤 집은 나무 문도 없이 창틀에 쇠창살만 있는 곳도 많다. 대체로 창은 좁은 나무판 여러 개를 어슷하게 세워 만든 것이라서 완전히 밀폐가 되지 않는다.

뜨거운 태양 볕은 걸러내고 바람만 안으로 들이기엔 아주 적절한 문

어릴 때에는 내겐 스물아홉이 올 거라 생각하지 못했고

서른은 특별한 사람들만 사는 세월이라 여겼더랬어.

저 나인 무슨 재미로 사나,

무슨 희망으로 사나 가끔 궁금했었는데

그 서른을 살아낸 지도 까마득하네.

물론, 재미나 희망보다 더 중요한 것도 만났지.

이지만 바깥의 악취나 소음은 대책 없이 감당해야 하는 불편도 있다. 이런 문이 제일 난감할 때는 목욕탕이 바깥과 벽 하나를 두고 있을 때다. 밖에서야 안이 쉽게 들여다보이지 않겠지만 물소리가 다 들린다고 생각하면 도무지 불안한 것이다.

숙소 주위로 도랑이 있었는데 거기서 모기가 창으로 들어온 것 같았다. 우선 커튼으로 창을 모두 막았다. 그리고 모기향을 피워놓고는 종이를 말아 벽과 천정에 붙어 있는 모기를 잡았다. 벽은 그렇다 치더라도 유난히 높은 천정에 붙은 모기는 손을 쓸 방법이 없었다. 생각 끝에 침대 위로 올라서 높이뛰기를 해 종이뭉치로 천정을 쳤다. 새카맣게 붙은 모기는 한 번에 한 마리 잡기도 쉽지 않았다. 그날 밤 우리는 몇 번을 뛰어야 했겠나. 네 명이 침대에서 뛰는 소리, 종이뭉치 내려치는 소리에 잠은 벌써 창밖으로 밀려 난지 오래다.

마지막 한 마리까지 다 잡고 침대에 누웠을 때의 감동이라니. 모기의 짓이겨진 시체로 얼룩진 천정을 보니 감격에 겨워 눈물이 다 나왔다. 모기 잡고 감격에 눈물 흘릴 일이 살면서 몇 번이나 있을까. 나는 외치고 싶었다.

"아름다운 새벽이에요, I Love You!!"

할아버지의 취향

가는 길이 쉽지 않았다. 여러 갈래 길은 나눠지고 이정표는 여전히 없었다. 얼마나 달렸을까. 벌판을 지나 큰 나무가 만든 그늘에 차를 세웠다. 마치 마법의 문을 열고 들어선 것처럼 정적이 흘렀다. 시간이 정지된 것처럼 진공상태의 느낌이 계속되었는데, 그건 바람이 불지 않았기 때문일 수도 있겠고, 크게 휘어지는 길 탓인 것도 같았고, 조금 앞에서 말없이 우릴 바라보는 낫을 든 노인 때문인 것도 같았다.

anero
MALTA

노인은 아무 말도 않고 그저 바라보기만 했다. 우리도 노인을 바라봤다. 노인은 인사를 해도 표정 하나 흔들리지 않았다. 한동안 대치하듯 그렇게 서로를 보고 있었다. 우릴 한 컷에 담는다면 '조용한 가족' 버전이 아니었을까.

머쓱했던 우리는 가지고 있던 초코바와 콜라를 건넸다. 하지만 노인은 초코바와 콜라를 받아들긴 했어도 관심이 없는 듯 여전히 우리, 아니 나만 쳐다봤다.

내가 노인 취향인가?

시선이 부담스러워 가까운 곳에 있던 독수리 사진을 찍고 왔을 때까지 노인은 가지 않고 나무 둥치에 서서 나를 바라봤다. 내가 정말 마음에 든 모양이다. 노인 취향 참 독특하네. 나도 노인을 마주 봤다. 그때 노인이 손으로 카메라를 가리켰다. 카메라를 흔들어 보이니 고개를 끄덕인다. 그리고는 누가 뭐라고 하지도 않았는데 차렷 자세를 취한다. 그제야 눈치를 챈 내가 노인을 카메라에 담았다.

찍어서 보여주니 그 무표정하던 얼굴에 희미하게 웃음이 지난다. 노인의 취향은 내가 아니라 카메라였던 것이다. 그 자리에서 현상할 수 있었다면 얼마나 좋았을까. [쿠바]

 달콤한 욕망

그땐 그걸 '모찌'라고 했어.
아버진 가끔 예식장에 갔다 오실 때면 그걸 가지고 오셨어.
나무를 얇게 대패로 밀어 만든 나무 도시락에 습자지에 싸여서 있었어.
여섯 개가 들어있었는데
엄마는 늘 오빠에게 두 개를 주고 식구들에게 하나씩을 나눠 주셨어.
그러면 아버지는 절반을 떼서 엄마께 드리는 거야.
다른 건 늘 내게 주셨는데 모찌는 엄마께 드리더라고.
오빠에게 두 개를 줘도 뭐 상관없어.
내 손에 있는 그 모찌만으로도 가슴이 터질 것처럼 벌렁거렸으니까.
하얀색과 연분홍색 찹쌀피로 팥 앙꼬의 거무스름한 빛이 어렸지.
손가락으로 집으면 손가락이 쏙 들어갈 만큼 말랑말랑했어.
한 입 베어 물면 찹쌀 피가 금방 구운 피자의 치즈처럼 늘어났는데
세상에 태어나서 그렇게 말랑하고 달콤한 건 처음이었어.
입안의 달고 쫀득하고 말랑한 걸 오래오래 씹고 싶었지만
야속하게도 그건 두어 번 우물거리면 그냥 꿀딱 넘어가버리는 거야.
다시 뱉을 수도 없고 두 손으로 목을 감싸며
아쉬움과 그 맛이 남긴 여운으로 슬펐던 것 같아.
입가에 묻은 하얀 분까지 다 핥아 먹었었지.
아버지가 예식장에 간다고 하면
종일 꼼짝도 않고 집에서 아버질 기다렸어.
예식장에 갔다 올 때마다 모찌를 가지고 오셨던 건 아니었지만
그래도 난 모찌를 기다렸어.

그날도 아버지는 모찌를 가지고 오시더니
엄마 오면 먹자며 선반 위에 올려두시더군.

엄마가 어디에 갔었는지는 모르겠어.
저녁이 되어도 엄마가 오지 않는 거야.
선반 위의 모찌가 먹고 싶어 딱 죽을 것 같은데
엄만 오시지 않고 아버진 주무시고 계셨어.
여섯 개 중에 하난 내 거니까 먼저 먹어도 괜찮을 거 같았어.
어차피 그건 내 거니까.
베개를 밟고 선반 위에 있는 모찌를 꺼냈어.
하얀색을 먹을까, 분홍색을 먹을까 한참을 망설였을 거야.
무슨 색을 먼저 먹었는지 모르겠어.
그저 기억나는 건
세상엔 아무도 없고 나와 모찌로만 가득했던 느낌이야.

엄마가 오시고 아버지가 모찌 먼저 먹고 저녁을 먹자 하셨어.
네 식구가 뺑 둘러앉았는데 난 윗목에 앉아 있었어.
동생이 불렀지만 장롱에 등을 기대고 세운 무릎에 턱을 고이고
그냥 있었지.
나무 도시락 뚜껑을 열어보고 아버진 나를 보셨어.
그때의 아버지 표정을 어떻게 잊을 수 있을까.
아이고, 가시나.
지 오빠 꺼는 냉가 놓지,
우째 동생 꺼까지 다 묵어치우노,
하면서 엄만 치마를 탁탁 털며 저녁상을 차리러 나갔어.
다 괜찮았어.
오빠가 욕을 하며 내 머리를 쥐어박은 것도
동생이 울면서 발로 찼던 것도 참을 수 있었어.
대신 모찌를 먹었으니까.
모찌를 먹을 수만 있다면
난 얼마든지 오빠와 동생의 매와 욕을 먹을 수 있었지.
그런데 견딜 수 없었던 건
엄마 꺼는 하나 남겨두지 그랬냐,
엄마도 좋아하는데 하던 아버지의 표정이었어.

언제나 내 편이었는데
아버진 내 거였는데
아버진 엄말 더 좋아한다는 걸 그때 알았던 거야.

그래도 모찌를 향한 마음은 멈출 수 없었어.
아버지가 나보다 엄말 더 좋아했던 것처럼
그때의 나는 아버지보다 모찌가 더 좋았던 거 같아.
너무 일찍 욕망에 눈을 떴던 거야.
그래서 알 수 있어.
욕망이란 얼마나 슬픈 것인가를.

살면서 수없이 많은 모찌를 만났어.
앞으로 또 얼마나 많은 모찌를 견뎌야 할까.

여섯번 째 이야기

그땐 우리도
아름다웠지

아바나
바라데로
비냘레스
시엔푸에고스
산타클라라
삐나르 델 리오
시에고 데 아빌라
후벤투드
까마구웨이
트리니다드
올긴
바야모
관타나모
시에라 마에스트라 산맥
산티아고 데 쿠바

둥글고 환한 마을

사탕수수와 노예무역으로 번성했던 트리니다드는 스페인 식민지 시대의 건축물들이 고스란히 남아 있어 유네스코가 세계문화유산으로 지정한 곳이다. 건물마다 새로 페인트 칠을 해서 얼핏 촌스럽기도 하지만 아직 페인트 칠을 하지 않은 벽면이나 창틀의 파스텔톤은 붉은 기와지붕과 잘 어울렸다.

마을 전체에는 다양한 크기의 둥근 자갈이 깔려 있는데, 이 자갈길을 따라 걸으면 굳이 찾아 나서지 않아도 마요르 광장, 콘벤토 데 산 프란시스코 교회, 이름도 긴 파로키알 데 라 산티시마 트리니다드 성당, 지구 광장 등에 닿게 된다.

자갈길이 깔린 골목을 위주로 까사와 관광객을 위한 상점이 있다. 자갈길을 벗어나면 전혀 다른 풍경이 펼쳐진다. 변두리처럼 개발되지 않은 트리니다드를 볼 수 있는데 한적한 골목을 거닐듯 동네를 한 바퀴 돌다보면 마치 트리니다드의 주민이 된 듯 한결 그들 가까이 다가설 수 있다.

아이들과 휩쓸려 축구를 하고 싶어질 지도 모르겠고 소가 끄는 수레에 올라앉고 싶어질 수도 있다. 체스 판에 끼어들어 훈수를 두고 싶어질지도 모르겠고 길가의 네일아트 하는 곳에서는 손톱을 다듬고 싶어질지도 모르겠다. 손톱 치장에 관심이 없는 나는 돼지고기가 주렁주렁 걸려 있는 푸줏간에서 고기를 한칼 끊어다가 달달 볶아먹고 싶었다. 감나무에서 홍시를 따서 먹듯 망고를 따서 먹는 이들의 풍경이 깔린 자갈보다 더 낭만적으로 보였다.

까사는 이층을 독채로 쓸 수 있는 곳이었다. 양쪽으로 발코니도 있어서 밥을 먹기도, 빨래를 말리기도 좋아보였다. 주방을 쓸 수 없다고

했으나 아침을 먹는 걸 조건으로 흥정을 했다. 남자는 흔쾌히 허락했다. 그런데 젊은 부부는 숙박계를 쓰고 난 이후론 통 볼 수가 없고, 아흔이 넘은 할머니 혼자서 집을 지키고 있었다. 부부는 우리가 까사에 든 그 다음날 바라데로로 여행을 갔다고 할머니가 전했다. 우리에게 한마디쯤은 해줘도 좋았을 것을 말도 통하지 않는 할머니께 우릴 맡기고 간 부부가 조금 원망스러웠다.

도착하고 이틀이 지나자 빵 나오는 시간까지 알게 됐다. 빵이 나올 시간이 되면 길게 줄을 선다. 금세 구워져 나오는 따끈한 빵에 끌려 사람들이 줄을 서고 있으면 무조건 그 뒤에 가서 섰다. 그 재미가 또한 쏠쏠했다.

세제, 우유, 계란, 빵, 기름 등 배급표로 배급을 받는 물품이 한두 가지가 아니다. 시간이 되면 모두 통을 들고 배급소로 향하는데 어떤 이들은 돈을 내기도 하고 어떤 이들은 배급표를 내기도 했다. 이들이 나눠주는 양은 정확했다.

저녁을 먹고 자갈길을 걸었다. 음악소리에 끌려 걸음이 이어졌다. 골목 끝에 광장이 나왔다. 축제를 앞두고 준비 중이라고 했다. 밴드가 악기를 연주하고 사람들이 춤을 추고 있었다. 그러나 축제를 준비하느라 연습하는 그들보다 그들을 구경하는 사람들의 무리가 더 축제다웠다. 아이를 안은 사람도 어린 아이들도 그들만의 춤을 추었다. 춤을 추지 않고 있는 것은 우리 일행뿐. 춤은 저들이 추는데 들고 갔던 카메라 하나가 이날 망가졌다. 벌써 두 개째다. 이제 하나 남았다.

텐 앤드 나인

트리니다드는 카리브 해와 에스캄브리아이 산맥 사이에 위치해 있다. 그런 까닭에 산도 바다도 함께 있어 유네스코 지정 세계문화도시

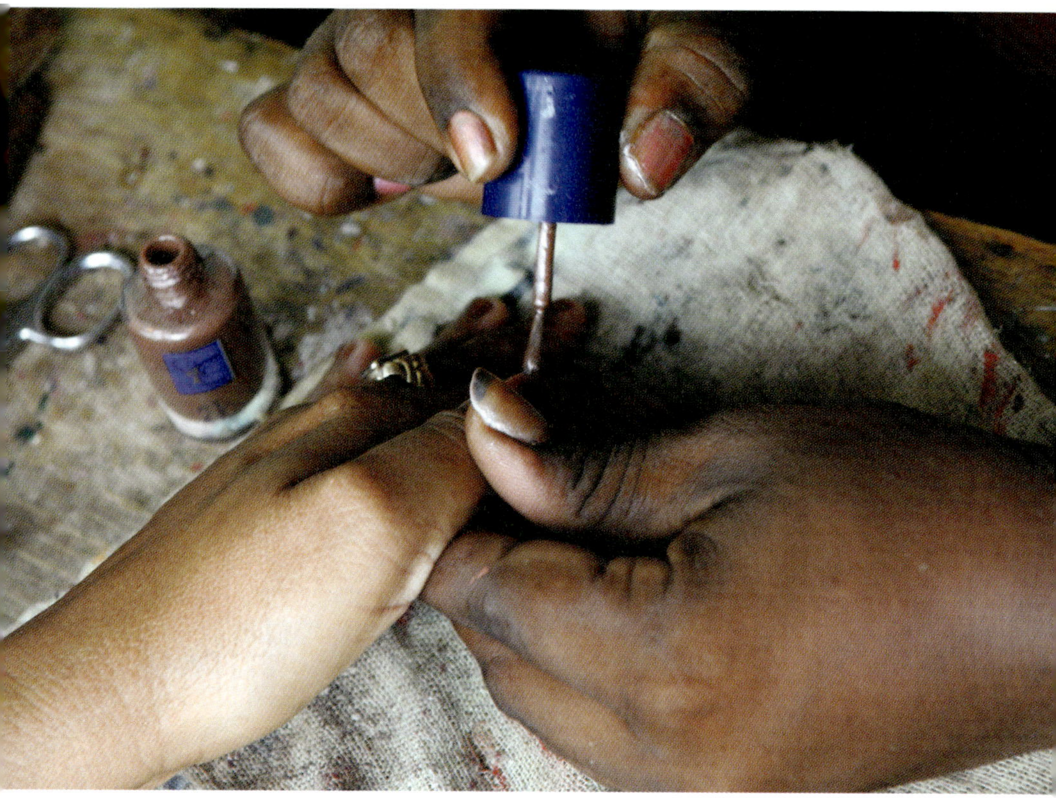

라는 것 말고도 매력적인 풍경이 많았다. 멀리 떨어지지 않은 앙콘 해변은 트리니다드에서 머물며 하루에 한 번씩은 갔던 곳이다. 가는 길에는 늪지대가 있어 여행하는 맛이 제대로 났다. 조용한 길을 뒤덮고 있던 붉은 게들이 차 소리에 사방으로 흩어지는 풍경은 바람에 꽃잎이 지는 것처럼 아름다웠다. 더러는 거북도 볼 수 있었다. 오가는 길이 한적하고 앙콘 해변과 물빛이 아름답긴 했지만 우리가 그토록 앙콘을 오갔던 것은 아이스크림 때문이었다.

해수욕을 하겠다고 옷 속에 수영복을 입고 온 터였다. 수영은 못하지만 카리브 해의 물놀이는 생각만으로도 환상적일 거 같았다.

우리가 해변으로 들어서자 사람들이 일제히 우릴 쳐다봤다. 헤엄을 치던 사람들까지 우릴 쳐다볼 지경이었다. 한 발자국 움직일 때마다 그들의 눈빛이 출렁출렁 우릴 따라왔다. 겉옷만 벗으면 수영복 차림이었지만 차마 옷을 벗을 수가 없었다. 그건 마치 목욕탕에서 옷을 입은 사람들 앞에서 발가벗고 몸을 닦는 것처럼 두려운 일이었다.

이러지도 못하고 저러지도 못하고 어슬렁거리는데 그렇잖아도 더운 날씨에 속에 입은 수영복 때문에 땀띠가 날 지경, 그때 보였던 것이 아이스크림 노점이었다.

음료수와 아이스크림을 팔고 있었는데 아이스크림은 종이컵처럼 생긴 플라스틱 컵에 샤베트가 들어 있는 것이었다. 망고, 코코넛, 파인애플, 오렌지 맛이 나는 아이스크림은 값도 싸고 맛도 좋았다. 하지만 그 아이스크림이라고 뭐 그리 특별한 맛이었겠는가. 공장에서 나오는 아이스크림이 마트마다 있을 것인데 굳이 한 시간 넘게 달려 해변에 간 것은 붉은 꽃나무 아래서 푸른 카리브 해를 바라보며 먹는 아이스크림이었기 때문이지 않았겠나. 물론, 아이스크림을 파는 청년도 한 이

발을 적시는 빗물을 보며 마음을 적시는 것들을 생각했지.

바람, 하늘, 낯선 길, 술, 우정, 그 사람.

술꾼처럼 술을 골랐어.

자주 만날 수 없었던 그들은 늘 문자로 안부를 주고받았다고 해.

이후로 그를 생각할 때마다 문자 도착 알람이 울렸다지.

유이긴 했다.

해변엔 유독 붉은 나무가 많았다. 나무 이름이 궁금해 아이스크림을 사면서 청년에게 물었다. 청년은 웃으며 '플랑누아'라고 했다. 청년의 환한 웃음에 나도 모르게 셔터를 끊었다. 사람들의 시선이 너무 부담스러워 차 안에서 아이스크림을 먹고 있자니 청년이 차 앞에 있는 꽃가지를 꺾어서는 우리에게로 걸어왔다. 그리고 꽃을 건네고는 수줍게 돌아선다.

"여자와 꽃과 연애는 정말 아름답거든"

꽃을 받아들고 <부에나비스타 쇼셜클럽>의 콤파이의 말을 떠올렸다. 하룻밤의 연애는 무엇과도 바꿀 수 없는 소중한 거라며 그는 살아있는 한 여자를 사랑할 거라고 했던 것 같다. 꽃과 연애, 아름답지 않은가. 연애를 한다면 그 대상이 아름다운 것 또한 사실이다. 그러니 꽃과 연애, 그리고 연인들은 아름다운 것일 테다.

다음 날 인제니오스 계곡에 갔다가 오는 길에 또 앙콘에 들렀다. 청년은 나를 알아보고 어제보다 환하게 웃었다. 몇 살이냐고 물었더니 관심이 있다는 뜻으로 보였는지 얼굴이 붉어졌다. 청년은 서툰 영어로 열아홉이라고 했다. 스페인어로 "열아홉?" 하고 물으니 완강하게 고개를 저으며 서툰 영어로 "텐 엔드 나인"이란다. 열아홉의 청년은 참말 잘생겼고 순박했다. 그의 얼굴이 플랑누아보다 더 붉었다.

그대, 언제 쿠바 하고도 트리니다드 하고도 앙콘에 가면 나의 청년을 찾아보라. 암호는 텐 엔드 나인이다. 이젠 투 엔드 지로가 되었을 청년에게 나의 안부도 전해 달라.

슬픔의 땅, 인제니오스 계곡

트리니다드에서 12킬로미터쯤 떨어진 인제니오스 계곡에는 하시엔다의 유적과 노예 감시탑이 있다. 그것은 그 일대의 사탕수수 밭이 얼마나 넓으며 또 얼마나 많은 노예들의 노동이 있었는지를 말해준다.

설탕 산업이 정점에 이르렀던 19세기 초, 한때 50여 개의 설탕 공장이 부근에 들어섰고 많은 흑인 노예들이 끌려와 노동을 해야만 했었다.

1830년에 세워진 감시탑은 총 7층으로 44미터 높이에 이른다. 탑의 제일 꼭대기에는 지금은 종탑 아래에 떼어놓은 종이 달려 있었다고 하는데, 44미터 높이에 서니 인제니오스 골짜기 구석구석까지 다 보일 듯하다. 이곳에 서서 감시한다면 어디에 숨어도 모두 찾아낼 수 있을 것 같다. 이곳에서 감시를 하는 한, 노예들은 그 어디에도 숨을 곳이 없었겠다. 이렇게 드넓은 곳에서 몸 하나 숨길 곳이 없다는 건 얼마나 끔찍한 절망인가.

드넓다. 가없다. 아무리 비옥한 땅이라 해도 생산품은 사람의 손에 의해서다. 사람의 손이 닿지 않으면 저절로 자란다고 해도 물건이 될 수 없다. 풍년이 들었다는 말은 그만큼 농부가 해야 할 일이 많아졌다는 것. 저 넓은 땅은 부의 상징이기도 하겠으나 노예의 고단함의 상징이기도 하다.

한때 죽음의 골짜기였던 곳이 지금은 관광 상품이 되었다. 노예를 감시하던 탑은 전망대가 되었고 사탕수수만큼이나 많은 노예가 노동을 하던 곳을 증기기관차를 타고 돌아볼 수 있게 됐다. 지금은 증기기관차를 타고 돌아보는 이곳이 훗날엔 또 어떻게 변할지 알 수 없다. 자연은 늘 그대로인데 사람만 어제가 다르고 오늘이 다르며 내일 또 다르다.

말만 많은 사람들이 하는 일

2008년 후반부터 높아지던 환율은 2009년에 오를 환율을 위한 도움닫기에 불과했다. 환율은 2009년 3월 정점을 찍을 때까지 거침없이 뛰었다. 주변 여기저기서 죽겠다는 소리가 들렸다. 여행을 가려고 했는데 못가겠다, 있는 달러 다 내다팔았는데 이렇게 오르다니… 내가 들어도 아깝기 그지없었다.

그러나 조기유학 보냈던 아이들을 불러들이는 것에 비하면 새 발의 피다. 돈을 보내지 못해 결국 아이들을 불러들이면서 그들은 정치와 경제를 원망하며 힘없는 국민 신세를 한탄했다. 여행 계획 따윈 애초부터 없던 사람들, 팔고 싶어도 보유한 달러가 없는 사람들, 애초에 유학을 보내질 않아서 불러들일 일조차 없는 사람들만 조용했다. 세계경제도 모르는 바보들처럼. 다만 쌀을 달러로 사지 않는 것만도 다행이라 안도하고 한파로 배추가 얼어 크게 뛴 김장값만 낮은 목소리로 걱정 했을 뿐.

지구 온난화를 막기 위해 에어컨을 꺼야 한다, 가까운 길은 걸어 대기오염을 막아야 한다며 자동차로 회의장에 모이는 지도자들이 덥다며 에어컨을 켜둔 회의실에서 지구 온난화 대책을 세우느라 열띤 토론을 벌이는 동안에도 쿠바는 조용하다. 더우면 웃통을 걷어 올려 배를 드러내거나 바다에 뛰어들고, 남들이 유기농법을 해야 한다고 목소리를 높일 때 이미 유기농법으로 재배된 것들을 식탁에 올리고 있다.

쿠바는 그들의 의지와는 상관없이 환경보존의 선봉장이 되었다. 우선 가전제품이 많지 않다. 전자레인지나 에어컨은 부자들에게도 귀한 것이고 냉장고 텔레비전 역시 흔하지 않다. 바퀴가 달린 모든 것들을 타고 다닐 정도로 차가 없으니 공기가 살고, 비료가 없어 유기농 농사를 짓게 되니 땅이 산다.

그러나 아이러니하게도 지구온난화의 최대 피해국에 쿠바가 속한다. 쿠바 국립 지질연구소에 의하면 2050년이 되면 해수면의 상승으로 쿠바의 국토 6%가 바다에 가라앉는다고 한다. 물질의 풍요로움을 취하지도 못한 쿠바로선 억울한 일이라 하겠다.

바다가 인접한 지역엔 해수면이 높아진 까닭에 바닷물이 많이 들어와 소금 결정체가 보이는 곳도 있다. 그곳엔 나무들이 하얗게 죽어 있었다. 바로 옆은 검고 비옥한 땅에 초목이 우거져 있지만 길 하나를 사이에 두고 전혀 다른 풍경을 그리고 있었다.

노을이 좋아 차를 세우고 내렸다. 노을을 보며 잠시 사진을 찍는 동안 모기떼의 습격을 받았다. 정확하게 말하자면 모기떼 속에 내린 게 맞다. 늪지를 형성하고 있는 주변은 생태계의 보고라고 할만 했지만 생태계의 보고라 하는 건 모기떼를 포함한 말이기도 하다.

피델이 이끄는 반군이 시에라 마에스트라 산맥에서 바티스타 독재 정권에 맞서 치열한 전투를 벌이며 투쟁할 때 그들을 괴롭힌 것은 정작 정부군보다 모기떼였다고 한다. 체 게바라는 시가를 우린 물을 온몸에 발라 모기떼를 피했다고도 하는데, 이런 모기떼 속에서 먹고 자면서 투쟁하는 건 정말 쉽지 않았겠다. 차 안으로 들어와서도 따라 들어온 모기를 잡느라 한동안 자동차가 이러 저리 흔들렸다. 흔들리는 차창 밖으로 노을이 먼저 숙소를 향해 달리고 있었다.

그래도 귀여운 할머니

카스트로의 혁명이 성공한 직후, 미국으로 탈출하는 사람들이 많았다. 대부분 상류층 사람들이었다. 카스트로는 쿠바를 떠나고 싶어 하는 사람은 떠날 수 있도록 했다. 바티스타 정권 치하에서 부를 축척한 사람이든 단순히 공산 정권이 싫어 쿠바를 떠난 사람이든 쿠바의 입장에서 볼 때 미국을 선택한 사람들은 조국을 버린 반애국자인 셈이다.

그러나 아이러니하게도 쿠바는 그들에게 너그럽다. 조국을 버리고 미국으로 떠난 그들은 언제든지 쿠바와 미국을 오갈 수 있고, 가족이나 친구들과 소식을 주고 받을 수 있다. 또 미국에서 쿠바로 돈을 부치거나 소포를 보낼 수도 있다. 송금의 경우 미국에서 액수를 제한하기는 하지만 그들이 보내는 석 달에 100불이란 돈은 쿠바에선 엄청 큰돈이다. 다양한 가전제품에서 옷가지까지 받을 수 있고 가끔은 초청을 받아 미국 땅을 밟을 수도 있다. 참으로 불평등한 일이라고나 할까. 숙소의 할머니도 그런 경우다. 아들이 미국 마이애미에 살고 있다고 했다. 아들의 초대로 얼마 전에는 라스베가스까지 갔다 왔다니, 노인네 복이 많은 셈이다.

숙소는 딸과 사위가 운영하는 것으로 할머니는 딸과 함께 살고 있었다. 어쩐지 할머니 입성이 좋았다. 아들이 보내준 것들을 자랑하는가 하면 집안을 데리고 다니면서 설명을 해주기도 하신다. 석회 성분이 많은 물 때문에 그냥 먹으면 안 된다며 정수기를 보여주는데, 항아리 모양이었다. 뭐라고 설명을 하는데 전혀 알아들을 수 없어 그냥 알아듣는 척만 했다. 밖으로 통하는 모든 곳에는 모기장을 쳤다. 그래서 파리 한 마리 없이 청결했던 것이다. 모기장도 아들이 보내준 것일까.

밥 때가 되면 무서웠다. 전기난로라서 그냥 우리가 해도 되는데, 굳이 할머니가 챙긴다. 매번 도둑고양이처럼 살금살금 내려가지만 언제 알았는지 할머니가 알아차리고 주방으로 온다. 그리고는 무슨 이야기인지 끝없이 늘어놓는다. 전기난로의 화력이 약해서 그런지 물은 도무지 끊을 생각을 않는데, 할머닌 알아듣건 말건 잠시도 말을 멈추지 않는다. 알아듣지 못하면 한심하다는 듯 한숨을 내쉬기도 한다. 할머니가 한숨을 쉴 때마다 나도 한숨을 쉬었다. 게다가 대답을 하지 않으면 이해를 시키려 목소리에 힘이 들어가는데 그럴 때는 사람을 밀고 들어와 타일로 만들어진 싱크대에 등을 딱 붙이고 할머니의 습격을 견뎌야 했다.

할머닌 외로웠을 것이다. 키 작은 동양 여자들이 우르르 몰려다니는 모양이 재미있었을 것이다. 그들이 해먹는 음식이 신기했을 것이다. 빈 햇반 용기에 관심을 보이더니 버릴 거면 달라고 하시고, 라면을 궁금해 해서 하나 드렸더니 어떻게 요리하느냐 질문이 쏟아진다. 아, 괜히 드렸다.

빨리 일어나라는 J의 다급한 소리에 잠이 깼다. 밖은 아직 어둑했다. J는 낮고 빠른 말투로 큰일이 났다면서 얼른 일어나 짐을 싸란다. Y와 D를 깨워 침낭을 말고 배낭에 짐을 무조건 쑤셔 넣었다. 짐을 싸면서 무슨 일이냐고 하니 지붕이 무너진 것 같다고 한다. 그러고 보니 물 쏟아지는 소리가 크게 들린다. 마치 비 오는 소리처럼. 화장실로 가 보니 천정에서부터 사방 벽을 타고 물이 쏟아져내렸고 욕실보다 더 큰 물소리가 밖에서도 들렸다. 발코니 문을 열고 나갔더니 옥상에서 폭포수처럼 물이 쏟아진다. 옥상에 있는 물탱크에서 쏟아지는 것 같았다.

전날부터 물이 제대로 나오질 않아서 고생을 했던 터였다. 물은 나오지 않고 할머니는 무조건 기다리라고만 해서 짜증이 났었다. 사람이 와서 고친다고는 했는데 도무지 물이 오락가락해서 할머니가 되레 화를 냈었다. 빨래를 많이 해서 그런가 마음 한쪽이 찔렸었다.

그런데 기어이 그 물탱크가 터진 모양이다. 이러다간 물난리에 집이

무너질 것 같았다. 얼마나 일사분란하게 움직였는지 다른 날은 한 시간이나 걸리던 짐 싸기가 10분 조금 넘게 걸렸다.

탈출하듯 씻지도 못하고 모두 배낭을 짊어졌다가 이럴 이유가 전혀 없음을 깨달았다. 우리가 물탱크를 깨트린 것도 아니고 이 신새벽에 왜 도망치듯 짐을 꾸리고 있는지. 그렇다고 해도 마음이 편치 않았다. 더구나 지금 집엔 할머니 혼자뿐이라서 인정에 끌릴 것 같으면 이 물난리를 모른 척 하지 못하고 발이 묶일 것 같았다. 일단 할머니께는 말씀드리지 않기로 하고 숙박비를 정산했다. 아무 것도 모르는 할머닌 여전히 맑은 얼굴로 아이처럼 재잘거리신다.

서둘러 집을 빠져나와 떠나는 우리를 향해 할머니는 오래도록 손을 흔들었다. 그 후로 물탱크가 어떻게 됐는지 한동안 궁금했다. 잠시 만났던 이들의 안위가 이토록 오래 궁금하고 염려가 된다. 【쿠바】

천천히 가기

유난히 조숙한 아이들이 있는 반면 그렇지 않은 아이들이 있는데
나는 후자였던 것 같아.
뭐든 대체로 늦었어.
말귀가 어둡고 이해력도 부족했지.
몇 번의 설명을 들어야 알아들었으니까.
아마 첫 걸음마도 늦었을 거야.
말문도 늦게 틔었을 것 같고
먹고 살기 바빠 엄마는 몰랐겠지만 한글도 늦게 깨쳤을 거야.
상식이 부족해서 대화에 끼기 어려웠어.
단어의 뜻도 모르는 것이 많아 늘 확인을 해야만 했어.
지금도 국어사전이 옆에 있어야 하고
영어사전 없이는 짧은 문장도 해석하기 어렵거든.
생각하건데 나는 아마도 아주 느린 속도로 컸던 거 같아.
남들의 속도를 따라가지 못하고 뒤쳐진 마라토너처럼
늘 사람들의 뒤를 따라 성장하는 듯싶어.
누구에게나 자신의 속도가 있는데 난 다소 느린 경우겠지.
그걸 낙오나 실패라곤 생각지 않지만,
그래서 내 나이 때는 결코 하지 않을 실수도 하지만,
일찍 성장했더라면 몰랐을 것을 알아가기도 하는데
가령 이런 거야.
아이가 자라는 걸 지켜보는 것처럼
조금씩 커가는 내가 내게 보인다는 거지.
이제야 겨우 알게 된 것들 앞에서 부끄럽기도 하고 서글프기도 하지만
그런 나를 볼 때마다 더없이 경건해 지곤 해.
아직도 자라고
여전히 남들보다 느린 속도로 깨우치겠지만
아마도 그런 나를 지지함에 지치지 않을 거야.
나의 가장 큰 지지자는 나이기 때문이지.
아직은 좀 더 나를 사랑해도 좋을 것 같아.

일곱번 째 이야기

가자,
바람에
지지 말고

아바나
바라데로
비냘레스
산타클라라
시엔푸에고스
피나르 델 리오
시에고 데 아빌라
후벤투드
까마구웨이
트리니다드
올긴
바야모
관타나모
시에라 마에스트라 산맥
산티아고 데 쿠바

이런 까사 처음이야

무조건 여권을 달란다. 숙박계를 쓰면서 주겠다니까 숙박계는 나중에 남편이 오면 쓸 거니까 일단 여권을 달란다. 우린 그럴 수 없다고 했고 주인 여자는 그럴 수 없다는 우릴 이해할 수 없다는 표정으로 바라봤다. 그 표정에는 날이 잔뜩 서 있었다. 그때 나중에 온다는 남편이 방에서 나왔다. 남자 역시 여권을 먼저 주고 숙박계는 나중에 쓰자고 했다.

어느 나라나 마찬가지로 방을 빌리면 숙박계를 먼저 쓴다. 여권번호를 적고 이름을 적고 사인을 한다. 그런데 쿠바에선 유독 숙박계를 쓸 때 여권을 먼저 달라며 보는 데서 숙박계 쓰는 것을 꺼리는 것이다.

적극적인 관광 개방으로 관광객이 많아지면서 피델은 숙소 문제에 부딪힌다. 호텔은 한정되어 있고 새로 짓기엔 물자도 돈도 절대 부족했다. 그 해결 방법으로 우리나라의 민박과 같은 숙소인 까사파티쿨라 허가를 내주기에 이른다.

여행객에 맞게 침대를 들이고 변기를 놓을 수 있고 에어컨, 냉장고를 넣을 수 있도록 지원금을 줬다. 그리고 숙박비의 50%를 세금으로 걷는다. 나머지 50%의 돈으로 까사를 운영하게 되는데, 이 수입의 근거는 온전히 숙박계에 의해서다. 체류 날짜와 가격이 명시된 숙박계가 세금의 자료가 되는 것이다. 즉 이들은 세금을 내지 않기 위한 편법으로 여행객이 보지 않는 곳에서 숙박계를 작성하고자 여권을 달라고 하는 것이다.

이들의 전형적인 숙박계 작성방식은 가격을 쓰는 곳을 비워두는 형태다. 이들이 하루치 방값을 속인다면 일반인들의 한 달 월급에 해당하는 돈을 손쉽게 손에 넣을 수 있는 것이다. 얼마나 매력적이고, 얼마나 유혹적인가. 그야말로 대궐 같은 집에 살면서도 욕심이 크다.

우리가 묵었던 2층 거실엔 그의 학위사진이 걸려 있었다. 그는 경제학을 전공했는데, 공짜로 공부한 경제학으로 나라를 등쳐먹는 중이었다.

주방을 써도 된다고 했다면 그들의 탈세를 눈감아 줄 수도 있었다. 아니, 주방을 써도 되느냐고 물었을 때 안 된다고만 했더라도 또 모르겠다. 그런데 이건 '어림도 없다'고 아주 노골적인 표정을 지었다. 그러니 뒤끝 많은 나의 꽤씸죄가 발동한 것이다. 주인 남자는 안쪽 정원을 구경시켜 주면서 까사에서 식사를 하면 그곳에서 먹는다며 자랑스럽게 말했다. 분수까지 있는 정원은 넓었고 잘 정돈되어 있었다.

그러나 나는 알고 있다. 바라보기엔 로망이지만 그곳이 얼마나 덥고 파리가 많은지. 그리고 이 집엔 하나 더 추가였다. 아까부터 정원의 바닥이며 나무를 타고 돌아다니는 도마뱀이 한두 마리가 아니었다. 혹시 기어오를까봐 바닥에서 다리를 조금 들고 있는 중이었다. 그런 곳에선 식사를 할 수 없다. 주인 부부는 왜 식사를 하지 않으려고 하는지 도무지 이해할 수 없다는 표정이었다.

2층에 있는 방은 좋았다. 크고 넓었으며 에어컨 성능도 좋았다. 욕조도 크고 무엇보다 세면대가 크고 좋았다. 거실 앞쪽의 전망도 좋았고 집이 노동광장 가까이 있는 것도 좋았다. 다 좋았다. 주인만 빼고.

집에 가고 싶다

까마구웨이로 들어서는 입구에서도 그랬고 광장으로 지나는 길목마다 '티나호네'라는 물 항아리가 장식으로 놓여 있었다. '티나호네'란 흙으로 빚은 물 항아리다. 까마구웨이는 예부터 물이 귀했다고 한다.

205A

207

BODEGON
DON
CAYETANO

물 보관용 항아리라고 보면 되겠다.

'티나호네'에 전해 내려오는 이야기가 있는데 '티나호네'에 담긴 물을 마신 여행객은 다시 까마구웨이에 온다는 것이다. 물이 있으면 먹어라도 봤을 것을, 어디에도 '티나호네'에 물을 담아둔 곳은 없었다.

까마구웨이에는 광장과 공원의 도시라 해도 과언이 아닐 정도로 광장이 많다. 1748년에 지어진 '자비의 우리 여인 교회'라는 성당이 있는 노동 광장, 이그나시오 아그라몬테 공원, 마르티 광장, 마세오 광장 등이 골목을 걷다보면 만나진다.

광장이나 공원마다 영웅들의 부조가 있었는데 처음에는 관심이 많아 돌아보았으나 나중엔 그게 그거 같아서 그냥 그늘에 앉아 쉬는 일이 잦았다. 머무는 이틀 동안 해거름에 마르티 광장에서 많은 시간을 보냈다. 그 동네 사람들처럼 벤치에 앉아 아이들이 노는 것을 바라보거나 서로의 뺨을 쓰다듬는 연인들을 보거나 하는 일로 어두워질 때까지 있었다.

신촌행 버스를 발견한 것은 기차 역에서였다. 세 번째로 큰 도시답게 까마구웨이는 복잡했다. 기차 역전엔 버스와 기차와 릭샤에 자전거까지 교통의 집결지처럼 복잡했다. 길 건너 냉차를 사러 가려고 서두르는 데 옆으로 신촌행 버스가 지나갔다. 얼마 전에 개봉했던 영화의 광고판을 붙이기까지 했다. 버스를 따라 뛰었다. 뭘 어쩌겠다는 생각은 전혀 없었다. 그냥 뛰었다. 막차를 쫓아가듯 죽자고 뛰었다. 승객들이 창밖으로 나를 쳐다보는 걸 알 수 있었다. 저 멀리 앞에서 버스가 멈췄다. 앞문을 열고 운전사가 나를 기다려줬지만 나는 탈 수 없었다. 멀뚱하게 보다가 허리를 깊게 숙여 인사를 했다. 운전사는 어깨를 조금 으쓱하고는 웃으며 다시 떠났다.

아침에 일어나지 않아도 괜찮아.

때마다 밥을 먹지 않아도 괜찮아.

슬프다고 다 눈물 흘리지 않아도 괜찮아.

조금 더 멀리 가도 괜찮아.

그러기 위해 이곳에 왔으니까.

멀어져 가는 버스에 마음은 벌써 올라탔다. 가고 싶었다, 집으로. 나의 냄새가 배어 있는 이부자리, 읽다가 페이지를 접어 서표를 해둔 책, 창가의 목련나무까지 한꺼번에 와락 달려들었다.

여행은 집을 나서는 그 순간부터 익숙한 일상으로 되돌아오고 싶어 하는 부메랑을 감추고 있는 것 같다. 여행의 즐거움과는 상관없이 매번 떠나온 날짜를 셈하게 되고 저녁마다 돌아갈 날을 꼽게 된다. 부산을 떠나온 지 도대체 얼마나 된 것인가. 한 달, 두 달, 세 달, 네 달째였다.

부치지 못한 엽서

가는 곳마다 엽서를 사고 엽서를 쓰는 일은 여행에서 놓칠 수 없는 즐거움이다. 아침이 되면 지난밤에 쓴 편지가 부끄러워지고, 자고 나면 새벽에 쓴 글이 부끄러워지고, 술이 깨면 취중에 한 말이 부끄러워진다.

여행지에서 쓰고 부친 엽서 또한 그렇다. 그래도 그 부끄러운 짓을 매번 하게 된다. 여행은 감정을 다소 과장시키는 까닭에 용기가 없어 하지 못한 말엔 자신감이 생기고 고깝게 여겼던 일은 너그럽게 풀어주기도 한다. 그래서 쓰기는 하나 주소지로 다 보내는 건 아니었다.

마음 불편했던 지인에게 엽서를 썼다. 사람마다 사는 방식이 있다. 그런데 기어코 자신의 방식대로 풀려는 사람들이 있다. 우리가 그랬던 것 같다. 하고 싶은 말이 참 많았다. 듣고 싶은 말도 많았다.

그러나 어떤 의미로든 '많다'라는 것은 핑계고 변명일 수 있다. 진실은 담백하니까. 엽서의 좁은 여백은 그런 진실을 보이기에 더없이 좋았다. 다른 어떤 말이 아니라 미안하다는 말이 듣고 싶었다고, 다른 어떤 말이 아니라 미안하다는 말이 하고 싶었다고 엽서에 썼다.

엽서는 부치지 않았다. 부쳤더라면 좋았을 것 같기도 하고 부치지 않아서 다행이란 생각도 든다. 여행이 길어지는 동안 그런 엽서가 하나 둘 늘어났다.

월급 얼마예요?

문화의 도시라는 이름답게 숙소 옆에 발레 학원이 있었다. 간판이 없는 곳이라 연습을 하는 그들이 아니었다면 그곳이 발레 학원인 줄 절대로 알 수 없었을 것이다. 마치 짐을 몽땅 들어낸 창고 같은 곳에서 발레리나들이 연습을 하고 있었다. 구경을 해도 되느냐 물었더니 들고 있는 카메라를 보고는 사진도 찍으란다.

쿠바의 발레단은 세계적인 기량을 갖췄다고 한다. 쿠바에서도, 특히 까마구웨이는 발레로 유명하단다. 생각지도 못했는데 숙소 옆이라 연습하는 걸 구경하는 호사를 누렸다.

발레를 몰라 다른 것은 모르겠고 그들의 탁월한 신체 비율만 보면 세계적이란 말을 이해할 수 있겠다. 같은 사람이지만 춤을 추는 그들과 같은 몸도 있고, 사진을 찍는 나 같은 몸도 있다. 길고 쭉 곧은 다리로 턴을 하거나 다리를 들어 올릴 때 그들의 다리는 철망 이쪽까지 나올 기세다. 그들을 앵글에 담으려고 짧은 다리로 어찌나 용을 썼던지 그렇잖아도 탱탱한 장딴지에 쥐가 나려고 했다.

잠시 후 감독인 듯한 남자가 다가오더니 공연이 있는데 그날 촬영을 해줄 수 있느냐고 물었다. 그러나 그날은 우리가 떠나고 없는 날이었다. 그는 몹시 아쉬워했다. 그렇다고 나보다야 더했을라고. 내 일천한 솜씨에 언제 발레공연 촬영을 해보겠는가. 하루 이틀 정도면 더 머물 수도 있었겠으나 나흘을 기다릴 순 없었다.

숙소로 돌아오는 길에 그를 만났다. 쿠바의 눈에 띠는 풍경 하나. 쿠바 사람들은 제복을 입고 다닌다. 간호사는 간호복을 입고 다니고 의사 또한 흰 가운을 입고 다닌다. 마치 학생이 교복을 입고 등하교를 하듯 이들은 제복을 입고 출퇴근을 한다. 그러니 복장만으로도 이들의 신분을 눈치 챌 수 있었다.

그와 인사를 하게 된 것도 복장 때문이었다. 우리 옆을 지나가는 그와 눈이 마주쳤고 그는 거리낌 없이 반갑게 인사를 했다. 마치 아는 사람을 만난 듯 우리도 인사를 받았다. 그는 심장 전문의라고 자신을 소개했다. 영어가 되는 그와 한국에서도 심장 전문의가 얼마나 대단한 직업인지에 대해 이야기하며 그를 조금 띄워주기도 했다. 그의 말에 따르면 의사라도 전공에 따라 월급에 차이가 있는데 심장 전문의의 경우는 조금 더 많단다.

처음 만난 그와 그것도 길에서 월급을 묻는 나를 사실 나도 이해하기 힘들다. 그러니 그는 어땠을까. 처음 만난 키 작은 동양여자가 "니 월급 얼마냐?"하고 물었으니 말이다. 그렇게 이십여 분을 서서 이야길 나누고 그의 집 앞에서 마치 오랜 친구와 헤어지듯 인사를 나눴다.

그런 눈치쯤은 있어주자

기꺼이 카메라 앞에서 포즈를 취한 후 촬영이 끝나면 돈을 요구하는 현지인들을 여행하는 동안 쉽게 만날 수 있다. 사진을 찍은 후 이런 일을 겪으면 기분이 개운하지 않은 것도 사실이다. 그러나 이건 순전히 사진을 찍는 사람들의 생각일 뿐 찍히는 사람들의 생각은 분명 다를 거다.

사진을 찍고 돈을 요구하는 것은 특정 나라의 일만은 아닌 듯하다. 심한 것은 아니지만 사진을 찍히고는 돈을 요구하는 사람들이 제법 있었다. 특히 관광객이 많은 아바나에서 그런 사람들을 자주 만날 수 있다. 올드 아바나의 카테트랄 광장에 가 보면 온통 흰 드레스를 입고 시가를 문 할머니, 얼굴에 피어싱 범벅을 한 사람, 총천연색 옷에 터번까지 두른 역시 시가를 문 할머니,《론리》의 표지를 장식한 할아버지, 중절모를 쓰고 시가를 문 할아버지 등을 쉽게 만날 수 있다.

이들은 관광객을 기다린다. 카메라를 든 누구라도 반기며 와서 찍으라고 호객행위도 한다. 촬영자가 원하는 포즈를 취해주고 다양한 표정도 지어준다. 촬영자가 원하는 것 이상의 포즈를 보여주기도 한다. 프로다.

그러나 촬영하고 나면 그들은 수고비를 요구한다. 쿠바 페소도 아닌 컨버터블 페소로. 많은 여행자들이 이런 이들로 해서 쿠바에 대한 이미지가 나빠졌다 말한다.

그러나 그들의 요구는 정당하지 않은가. 그렇게 치장을 하기 위해 그들은 아침부터 서둘렀을 것이다. 관광객이 원하는 포즈를 거울을 보며 수백 번 연습을 했을지도 모를 일이다. 출근을 하듯 그렇게 사람들이 들끓는 관광지 한켠에 앉아 표정관리를 하며 더러는 호객행위마저 마다하지 않는 것이다. 그들이 구걸을 하는 것도 아니고 물건을 강매하는 것은 더더욱 아니잖나.

미국에선 허락 없이 사람을 찍지 않는다. 그렇지 않으면 봉변당하기 십상이다. 정원을 예쁘게 꾸며놓은 집 앞을 지나다가 주인이 있는 걸 보고는 허락을 구한 후에야 촬영을 하기도 여러 번이었다. 그럴 때마다 인도에서 아무 곳이나, 아무에게나 카메라를 들이댔던 내가 부끄러웠고 그들에겐 미안했다. 지금도 목덜미까지 붉어지는 일이다. 너무 함부로 카메라를 들이대는 것은 아닌지, 그런 습관 때문에 요구하는 수고비에 기분이 나빠지는 건 아닌지 생각해 볼 일이다.

그래도, 그렇지만, 그렇다 하더라도, 원망 깊은 말보다

그래, 그렇지, 그랬었어, 마음 한쪽 열어두는 말로 일기를 썼어.

사실, 척 보면 알 수 있다. 조금만 살펴보면 그들이 남들과는 다른 치장을 했다는 것을. 여행하면서 그 정도의 눈치는 있어줘도 좋지 않겠나.

아그라몬테 공원에서 만난 할아버진 이제 막 영업을 시작한 것 같았다. 우리 앞에 선뜻 다가서지도 못하고 포즈를 취할 줄도 몰랐다. 안타까운 마음에 포즈를 잡아주니 영 어색해 하면서 얼굴이 딱딱하게 굳어진다. 셔터가 끊기니 손가락 끝이 파르르 떨리기까지 했다. 나중엔 그 기다란 시가가 덜덜 떨려 금세라도 부러질 것만 같았다. 관광객의 관심을 끌어내기 위해 길게 길게 말았을 시가와 저토록 떨리는 마음으로 촬영에 임하는 할아버지에게 어떻게 모델료를 몰라라 할 수 있겠나. 얼마를 달라는 소리도 못하는 할아버지께 2세우세를 쥐어주었지만 그때까지도 딱딱하게 굳은 얼굴은 풀어지지 않았다. 괜찮다. 누구에게나 떨리는 '처음'은 있는 것이고 할아버진 지금이 그날일 테니. 언제고 《론리》의 책 표지에서 할아버지를 만날지도 모를 일이다.

하나는 너를 위해, 하나는 나를 위해

숙소가 있던 골목엔 까사 외엔 낡은 집들이 대부분이었다. 어떤 이유에선지 모르겠지만 숙소는 집 주위가 온통 철조망으로 에워싸여 있었다. 도둑이 많다는 소린 들어보지 못했는데 유난히 우리가 묵은 숙소는 그랬다. 그래서 멀리서도 하얀 철조망을 두른 숙소가 눈에 도드라졌다.

퇴근하는 심장 전문의와 작별 인사를 하고 골목에 들어서니 까사 부부가 딸과 함께 발코니 흔들의자에 앉아 있었다. 발코니는 골목보다 꽤 높아서 철조망을 사이에 두고 사람들과 이야기를 하고 있었다. 골목에서 그들을 올려다보는 사람들과 그들을 내려다보는 주인. 주인은 올려다보는 사람들의 시선을 즐겼는지 모르겠으나 내가 보기엔 영판 동물원 분위기였다.

저녁이 되면 골목은 아이들 놀이터가 된다. 강렬한 햇살도 한풀 꺾이고 그늘도 많아져서 대문 앞마다 사람들이 나와 앉아 있다. 까사의 딸은 골목에서 뛰어놀지 않고 제 부모와 함께 흔들의자에 앉아 또래들이 노는 것을 바라만 보고 있었다. 까사 맞은편엔 까사의 딸과 또래로 보이는 소녀 둘이 있었는데 둘이 친한 친구라고 했다. 골목에 앉아 뭐가 그리 재미있는지 까르르 숨이 넘어가는 두 친구는 6월의 태양보다 눈부셨다. 찍은 사진을 보여주니 또 웃는다.

그들은 자신들이 얼마나 빛나고 예쁜지 알고 있을까. 그 어떤 것에도 갇히지 않은 천진함, 무엇이 저토록 자지러지게 웃게 하는지 아이들의 웃음 속으로 들어가 그 비밀을 캐보고 싶었다. 저들의 웃음 속에서 하루만 산다면 잃었던 천진함을 누구라도 되찾을 것 같았다.

아침을 먹으려니 일찍 서둘러야 했다. 빵가게 빵이 나오는 시간을 알아둔 터다. 부지런히 씻고 나서는데 현관 바깥의 철조망이 잠겨 있다. 안에서 열려고 해도 열리지 않았다. 커다란 자물쇠가 채워져 있다.

주인 부부가 보이지 않아 한참 찾았다. 그들이 열쇠로 문을 열어주었다. 아무튼 뭐가 그리 감출 것이 많은지, 안에서도 열지 못하게 하는지. 설마 우리가 돈을 내지 않고 도망갈까 봐 그런 건가. 들어올 때도 나갈 때도 주인이 없으면 꼼짝 할 수 없었다.

이런 까사, 처음이다. 대부분 열쇠를 따로 주거나 아예 문을 열어두고 있다. 숙소를 나올 때도 열쇠로 문을 따야 하는 집은 이후로도 만나지 못했다. 분명 찔리는 것이 있는 게야.

이른 아침 아그라만테 가에 있는 커피하우스에 갔다. 이른 시간이었는데도 자리가 없어서 앉질 못했다. 커피하우스 바로 옆에서 식사를 시키며 거기서 커피를 주문해서 마셨다. 금세 구운 빵도 맛있었지만 바로 볶아 갈아서 내린 에스프레소는 혀에 착착 감겼다.

커피와 빵 굽는 냄새가 여는 아침은 환상적이었으나 끝없이 달려드는 파리는 끔찍했다. 커피에도 빵에도, 잔을 든 손등에도 콧잔등에도 앉을 수 있는 모든 곳에 파리가 등천을 한다. 그럼에도 불구하고 까마구웨이의 에스프레소는 최고다.

여행자의 입맛이란 소박하고 겸손하다. 더운 날엔 시원하면 최고의 맛이고 추운 날엔 뜨거우면 그 맛이 또한 최고로 기억되는 것이다. 매번 먹는 순간 아주 지독한 맛이 아니라면 최고라 생각하게 된다. 지금이야 분말주스 가루를 넣은 달디 단 음료수를 마신다면 바로 뱉어낼지 모르겠지만 그때는 곳곳에서 팔던 얼음을 넣은 냉차를 고개를 힘껏 젖혀 남은 한 방울까지 마셨더랬다. 참으로 소박한 기적 아닌가. 여행이 아니라면 어디서 이런 기적을 체험할 수 있을까. 그러니 여행자가 어느 곳의 뭐가 맛있다고 하는 말을 액면 그대로 믿어서는 안 된다. 여행지에서 가장 맛있는 건 배고픈 순간, 내가 먹고 있는 그것일 테니.

짐을 다 싸 놓고 숙박비 정산을 하러 내려갔다. 가는 날이라고 부부가 기다리고 있었다. 돈을 지불하고 영수증을 요구했다. 그는 몹시 당황했다. 이들의 영수증은 예전 우리가 쓰던 먹지를 밑에 깔고 쓰는 것이다. 속이려야 속일 수 없는 부분이다.

남자는 쓰지는 않고 왜 영수증이 필요하냐고 되물었다. 이 정도 나오면 대부분 체념하고 영수증을 주기 마련인데 남자는 뻔뻔하면서도 집요했다. 금세라도 튀어나올 듯 부라린 눈을 똑바로 보며 하나는 너를 위해, 하나는 나를 위해서라고 했더니 남자는 더는 아무 말을 못하고 영수증을 썼다. 영수증을 받아드는 마음이 얼마나 통쾌했겠나. 이는 우리가 행할 수 있는 유일한 권리이기도 했다.

영수증을 받아들고 방으로 들어오니 불이 켜지지 않는다. 에어컨도 켜지지 않았다. 전기 스위치를 내렸던 것이다. 비날레스에서처럼 이곳 주인도 전기세를 아끼기 위해 손님이 짐을 꺼내지도 않았는데 전기를 끊은 것이다. 아니면 기어코 영수증을 받아낸 우리가 미웠거나.

그 어떤 것이라 해도 씁쓸한 일이다. 우리도 그가 참을 수 없을 만큼 얄미워 먹다 남은 멸치를 침대 아래에 뿌려둘까 생각했다. 멸치 냄새를 맡고 개미가 꼬인다면 그보다 더 통쾌한 일이 어디 있겠나.

그러나 관뒀다. 청소를 주인 여자가 하는 것도 아니고, 우리에게 상냥했던 가사 도우미만 힘들게 하는 일이다. 정말이지 주인 여자가 청소를 하는 거라면 멸치가 몹시 아깝긴 하지만 다 뿌리고 왔을 것이다. 【쿠바】

 구멍 뚫린 항아리, 욕망

엄마는 그러셨어.
옛말에도 있지 않느냐,
천석꾼은 천 가지 걱정, 만석꾼은 만 가지 걱정이라고.
다 자기 가진 만큼의 걱정을 안고 산다면서
남들보다 적다 애석하다 말고
자기 걱정 많다 애통해 하지 말라 하셨어.
좋은 건 욕심나고
걱정은 싫다면
그게 도둑놈 심보 아니냐면서
도둑놈이 따로 있는 게 아니다,
남의 담 넘는다고 다 도둑놈 아니고
남의 담 넘지 않는 도둑놈 더 많다면서
애를 끓인다고 더 가지지도 못하면서
도둑놈까지 되면 억울하지 않느냐고
없이 살아도 도둑놈은 되지 말자 하셨어.
헐값에 산 한군데씩 썩은 천도복숭아 수돗가에서 씻으면서
썩지 않은 쪽 칼로 삐져 내 입에 넣어주며
봐라, 그래도 맛있지 않냐
과육 없이 씨만 남은 것 당신 입에 넣어 우물거리며
달다 달다, 참 달다며
이렇게 달구나, 하셨더랬어.
지금은 그때보다 살만하여 크고 실한 과일 지천으로 두고 먹지만
수돗가에 쪼그리고 앉아 받아먹던 그 맛보단 못하여
남의 담 넘어본 적 없는데
내가 언제 도둑놈이 되었나.

문밖에 있는 모든 길

아바나
바라데로
비날레스
삐나르 델 리오
시엔푸에고스
산타클라라
시에고 데 아빌라
후벤투드
트리니다드
까마구웨이
올긴
바야모
관타나모
시에라 마에스트라 산맥
산티아고 데 쿠바

남자가 부러울 때

양치를 하고 입을 헹구는데 치약이 붉다. 보스턴으로 떠나기 전에 한 달에 거쳐 스케일링도 하고 잇몸 치료도 받았었다. 한동안 잇몸에서 피가 나올 것이라 했는데 아직도 피가 난다. 괜찮아지는가 싶다가 다시 피가 나오길 반복하더니 피곤해지니 더 많이 나온다. 다섯 달이 지났는데 아직도 그 한동안이 지나지 않은 모양이다. 얼마나 더 있어야 그 한동안을 채울 수 있는 것일까.

몸도 덩달아 나빠지고 있었다. 뭐랄까. 물에 통통 불어터진 형상이라고 하면 되겠다. 습기를 잔뜩 먹은 듯 몸이 무겁고 부은 팔다리는 저렸다. 생수 뚜껑을 하나 열려고 해도 부은 손이 아팠다. 거울을 보니 형색이 딱 물먹은 하마다.

"기후가 인간에게 미치는 현상을 보고 계십니다"라며 놀리던 일행들도 이제 하나 둘 지친 기색이 역력했다. 그만큼 날이 무더웠다. 태양이 내 머릿속에서 뜨고 지는 것 같았다. 습도 높은 우리나라 여름의 백 배쯤 되는 더위 같았다. 우리만 그런 것일까, 그들에게 물었더니 자기네도 덥단다. 그 말이 조금 위로가 되기는 했다. 불평등만 아니라면 불편함 정도는 어찌되었건 견뎌볼 만 하니까.

대형버스가 주차되어 있고 그 옆으로 파란 조끼를 맞춰 입은 남자들이 일렬로 뒤돌아 서 있었다. 지나면서 봤더니 모두 볼일을 보는 중이었다. 국도를 달릴 때에도 그랬지만 고속도로를 달릴 때에도 화장실로 쓸 만한 곳은 거의 없었다. 우리처럼 고속도로에 중간 중간 휴게실이 많았던 것도 아니고 상점이 있는 것도 아니라서 무조건 참는 수밖에 없다.

커피를 마시고 싶어도 참아야 했고 이동 중에는 될 수 있으면 물도 마시지 않았다. 도저히 참을 수 없을 때에는 멀리서 오는 차가 보이지 않을 때 나무 뒤에 의지해 해결하기도 했고 몸을 가릴 만한 나무가 없을 땐 차 문을 열어두고 서로 보초를 서며 해결하기도 했다.

말로 하니 그렇지 그 순간 얼마나 불안했겠나. 어떤 광고에서 보면 여자라서 행복하다고 하더라만 여자라서 크게 행복한 건 모르겠고 여자라서 불편한 확실한 한 가진 있는 셈이다. 불행보다야 불편이 백만 배쯤 좋은 거지만 불편이 불행의 시작이 될 수도 있으니 볼일이 이에 해당되지 않나 싶다. 살다가 볼일 보는 남자를 보고 부러워보기도 처음이지 싶다. 그해 6월은 처음 해보는 것이 참으로 많았다.

영어시험 없는 입시

바야모 이정표가 보일 때부터 소나기가 쏟아졌다. 천둥번개를 동반한 소나기는 잠시도 숨을 돌리지 않았다. 장대처럼 내리꽂힌다. 자동차 지붕이 뚫릴 것만 같았다. 우리가 가려는 숙소는 호텔 경영을 전공하는 학생들이 실습을 한다는 호텔이었다. 호텔은 빈 방이 없었다. 호텔 직원이 까사를 소개해줬다. 까사는 호텔에서 멀지 않은 곳에 있었다. 주인 아저씨가 영어를 아주 조금 할 줄 알아서 편안했다. 까사를 시작한 지 얼마 되지 않은 듯 실내 일부는 아직 공사 중이었고, 다른 까사에 비해 과할 정도로 친절했다.

숙박계를 쓰기 전에 그들은 아주 조심스럽게 말문을 열었다. 자신들이 허가받은 방은 하나뿐이라고 했다. 다른 방은 허가가 나지 않은 방이므로 숙박계엔 방 하나만 쓰자는 것이다. 물론 거짓말이다. 왜냐하면 방 둘 모두 화장실이 딸려 있었고 에어컨이 있었으니까. 결국 그들도 세금을 덜 내겠다는 속셈이다. 참으로 정중한 탈세였다.

세스페데스가 첫 독립투쟁을 일으킨 바야모는 쿠바에서 세 번째로

시간이 지나면 좋았던 일만 기억하는 사람이 있고

나빴던 일만 곱씹는 사람이 있어.

추억이 많은 사람과 없는 사람의 차이라고 생각해.

쌀 생산량이 많은 곳이라고 한다. 바야모까지 오는 길에 지겨울 정도로 널리 펼쳐져 있던 것이 논이었다. 관계수로까지 잘 되어 있는 것이 곡창지대다웠다.

시내는 깨끗하고 조용했다. 공원에도 사람이 그다지 많지 않았고 극장과 우체국, 도서관이 광장 가까운 곳에 모여 있었다. 창이 다 열려 있었으나 도서관 안은 조용했다. 읽을 줄은 모르지만 각 코너에서 책을 꺼내고 다시 꽂기를 반복했다. 이게 도서관의 가장 큰 매력이 아닌가. 광장이나 공원은 이제 볼 만큼 봤던 터라 읽을 줄만 안다면 도서관에서 하루를 보내도 좋을 것 같았다. 읽지 못해도 무슨 상관이랴. 책 구경도 하고, 메모도 하고, 열린 창으로 바깥도 보고, 잠시 졸기도 하고. 이쯤에서 한 번쯤 영혼을 기다려주는 것도 좋겠다 싶었다.

아들이 아바나 의과대학에 다니고 딸은 여행 중이라는 그들 부부에게서 아바나의 경제에 대한 이야기를 들었다. 대학에서 농업을 전공했다는 주인 여자는 엔지니어였던 남편 월급이 400쿠바 페소였다며 살기에 넉넉지 않아 까사를 운영하게 됐다고 했다.

이야기 끝에 대학 선발기준이 뭐냐고 물으니 쿠바 역사 점수가 상당히 큰 몫을 차지한다면서 의과대학에 갈 때 치는 시험도 전공과 쿠바 역사라고 한다. 입시도 입사도 토익, 토플 점수가 우선인 우리처럼 영어가 아니라 쿠바 역사라니 얼마나 멋진가.

라면을 끓여 방에서 먹을 생각이었다. 그러나 아줌마는 이미 식탁 위에 세팅을 해뒀다. 테이블 보를 깔고 예쁜 그릇을 몇 번이나 만지작거리며 간격을 맞춰서 놓고 있었다. 갑자기 시엔푸에고스의 악몽이 되살아났다. 라면이 다 끓어 불을 끄고 냄비를 식탁에 올리려고 하니 아

줌마가 자기가 하겠다며 극구 말린다. 그리고는 찬장에서 타원형의 커다란 볼을 꺼내서 거기에 라면을 덜어놓는데, 예쁘게 하느라 그릇에 국물이 조금이라도 튀면 닦아가며 라면을 가닥가닥 건져낸다. 마치 창작을 하듯이.

라면에 대한 최상의 대우는 거칠게 다뤄야 하는 것이다. 확 끓여서 후다닥 먹어야지 저렇게 작품을 하듯 어르면 안 되는 것을. 라면 다 불어터질까 봐 마음은 급하지만 어쩌랴. 소복하게 볼에 라면을 다 건져 담은 아줌마는 아주 흡족한 표정으로 우리 앞에 그릇을 밀었지만 이미 퉁퉁 불은 라면의 면발은 투명함을 잃고 뿌옇게 불어올라 막 그릇을 넘치고 있었다. 내 마음도 퉁퉁 불어 올랐다. 더운 부엌에서 비지땀을 흘리며 먹은 불어터진 라면은 연인의 이별 통보만큼이나 슬펐다. 라면은 면발이 중요하다는 걸 그녀가 꼭 알아야 할 이유는 없지만 그래도 알려주고 싶었다.

끝없는 사탕수수 밭

바야모에서 산티아고 데 쿠바로 가는 길은 시에라 마에스트라 산맥을 오른쪽으로 끼고 달리게 된다. 멀리 달리며 바라보는 산맥은 평온한 풍경이었다.

바야모를 벗어난 지 얼마나 되었을까. 졸다가 깨보니 앞쪽으로 거대한 철교가 보인다. 녹슨 철교는 엄청나게 높았다. 아래로 흐르는 강줄기도 무서웠지만 철교는 삭아서 마치 레이스처럼 하늘거렸다. 공사를 하는 중이었다. 차가 지나갈 때마다 다리가 심하게 흔들렸다. 금세라도 무너질 듯 강물처럼 출렁거렸다. 산티아고 데 쿠바의 콘트라 마에스트 레라는 작은 마을에 도착했던 것이다.

작은 마을이지만 유독 체 게바라의 사진이나 피델의 초상화가 많이 눈에 띄었다. 벽화도 그랬고 작은 상점마다 체와 피델의 사진을 쉽게 만날 수 있었다. 더러는 숲에 그들의 초상을 두고 꽃을 꽂아두기도 했다. 그것은 쿠바 독립의 전초기지에 사는 자긍심처럼 읽혔다.

  멀리서 우리를 그림자처럼 따라 오는 시에라 마에스트라 산맥. 카스트로 형제, 카밀로 시엔푸에고스, 후안 알메이다, 에피게니오 아메히이라, 홀리오 디아스, 시로 레동도, 칼릭톡 가르시아, 호세 폰세, 루이스 크레스포, 우니 베르소 산체스 그리고 체 게바라.

  1956년 12월 2일, 피델은 게릴라 82명과 그란마에 도착한다. 그러나 안내원의 밀고로 바티스타 군의 습격을 받게 되고 결국 12명만이 시에라 마에스트라 산맥에 도착하게 된다. 적으로부터 안전하다는 것은 그만큼 이들에게도 힘든 곳이라는 것. 시에라 마에스트라는 폭이 50킬로미터 정도에 길이가 130킬로에 달하는 거대한 산악지대다. 산악지대 곳곳엔 늪이 있고 게와 거북이가 많이 산다고 했다. 늪이고 보면 거머리와 벌레, 모기가 많았음도 짐작할 수 있겠다. 특히 게릴라들을 괴롭힌 것은 걸을 때마다 발을 찌르는 '개 송곳니'라는 자갈, 그들은 이 자갈이 수북하게 깔린 좁은 산길을 걸어야만 했다. 배고픔과 추위를 피할 길이 없었던 것 또한 자명한 일, 그렇기 때문에 쿠바 독립의 전초기지가 됐을 것이다.

  산맥을 바라보며 서 있는데 풀 아래로 발이 쑥 빠진다. 땅이 물러서 발의 절반이 빠져 들어간다. 사람의 발길이 뜸하니 수풀이 우거지고 어디나 늪이 있어 길 가장자리라고 해도 조심해야 했다. 이런 곳에서 그들은 견뎌야 했던 것이다.

  어디에나 있는 거대한 사탕수수 밭이 본격적으로 이어졌다. 졸다 깨어도 사탕수수 밭이었고 다시 졸다가 깨도 사탕수수 밭이었다. 마치

좋아하는 별자리를 향해 팔을 쭉 뻗어 봐.

새끼손가락 두께는 1도라고 해. 가운데 손가락 셋을 합친 것이 5도쯤 되고 주먹을

쥔 상태는 10도쯤 된다고 하지.

별자리를 찾을 때 쓰는 거리를 재는 방법이야.

가끔은 숨어 있는 별자리도 찾을 수 있었어.

너를 찾기 위해선 어떻게 해야 해?

제 자리에서 달리는 것처럼 풍경은 바뀌지 않았다. 사탕수수 밭에는 사탕수수 밭을 이동할 수 있게 길게 길을 만들었는데 이를 과르다라 야스라고 한다. 흔한 표현처럼 머리의 가르마처럼 분명했다. 게릴라들은 그 길들을 가로지르며 사탕수수 이삭으로 허기진 배를 채웠다고 한다. 어지간히 먹어서는 흔적도 보이지 않을 정도로 사탕수수 밭은 끝없이 펼쳐지고 있었다.

차는 몇 번의 골짜기를 들고 났다. 심하게 구불거리는 산길을 몇 번이나 오르고 내렸다. 화장실을 만날 수 없어 일행 모두가 노상방뇨를 하는 사태도 벌어졌다. 길은 외졌고 인가는 드물었다.

막 오르막에서 쉬고 내리막으로 달리던 중이었다. 과일을 파는 곳을 지나쳤다. 급하게 차를 세우고 내려가 보니 청년 둘이 바나나와 귤과 고추를 팔고 있다. 바나나와 귤을 샀다. 우리가 첫손님이라고 했다. 이미 오후 늦은 시간대였으나 놀랍지도 않았다. 사람들 통행이 많을 것 같지 않았다. 바나나를 떼어 입에 넣으니 아주 맛있었다. 새파란 것에 비해 귤도 달고 연했다.

인사를 하고 돌아서려니 볼펜이 있느냐고 묻는다. 주지 못했다. 있었다면 줬을 것이다. 있었다면 좋았을 것을 그랬다.

그늘 없는 도로를 에어컨까지 켜고 달린 차를 식히기 위해 고갯마루에서 잠시 쉬었다. 맨손체조를 하며 몸을 푸는데 길 건너에서 소녀가 계속 지켜본다. 사진을 찍고 물을 마시는 동안에도 소녀는 시선을 거두지 않는다. 길을 건너 인사를 하니 아무 말 없이 웃기만 한다. 덥고 습한 골 깊은 곳이라서 그런지 소녀는 팬티만 입고 있었다.

인기척에 안에서 어른들이 나왔다. 그녀의 엄마인 듯한 여자도 할아버지처럼 보이는 남자도 거의 벌거벗은 차림이다. 쿠바의 많은 사람들

낮에 술집 앞을 지나다가 낮술을 즐기는 그를 떠올리며

구운 생선을 보면 나를 떠올리는 한 사람쯤은 있을 거라 믿는 거야.

세상을 한결 부드럽게 건널 수 있는 아름다운 오해인 거지.

이 민망할 정도로 옷을 입는 둥 마는 둥 했지만 이들 가족처럼 드러내 놓고 벗은 사람들은 보지 못했다. 입은 옷도 거의 헤지거나 낡아서 구멍이 숭숭 뚫려 있었다. 빨아도 더 이상 깨끗해지지 않을 것처럼 옷은 낡고 더러웠다.

소녀에게 칼로리바와 초코바를 건네고 머리 고무줄도 주었다. 아이는 그것을 받아들면서도 물건엔 관심이 없는 듯 나와 눈을 맞춘다. 외지인을 좀체 만나지 못한 것일까. 아이의 눈동자가 얼마나 맑고 강한지 난 자꾸만 눈을 깜빡였다.

지금은 깊은 골짜기에서 팬티만 입고 있다지만, 모를 일이다. 언젠가 쿠바 문학의 진수로 그녀의 이름이 오르내릴지, 이브라힘의 뒤를 이을 가수로 그녀가 세계 일주를 하게 될지.

이브라힘 역시 산티아고 데 쿠바의 작은 동네에서 태어나지 않았던가. 그녀가 그렇게 되더라도 그녀가 오늘의 그녀인 줄 내가 모를 것이고 그녀 또한 우리를 잊게 되겠지만 그래도 오늘의 이 시간만큼은 기억할 수도 있지 않을까, 나처럼.

그녀를 향해 셔터를 끊으면서 그런 날이 왔을 때를 대비해 증거 했다. 우리가 가지고 있던 선물 모두를 그녀에게 주지 않은 것을 여행 내내 후회했다.

몰라서 더 좋은 것들

인도에 갔을 때는 망고 주스를 엄청 마셨었다. 음료수로는 생수와 짜이, 그리고 망고 주스가 전부였었다. 그런데 어느 식당에서 망고주스 만드는 걸 보게 되었는데 통조림 망고를 믹서에 갈아 만드는 게 아닌가. 과일이 많아서 당연히 생과일을 갈아 만든 것이려니 했었는데 그 배신감이라니. 이후로 망고 주스를 마시지 않았다.

쿠바에서는 통조림이 너무 비싸 그걸 절대로 사용할 일이 없을 거라고 믿었다. 그리고 눈앞에 주렁주렁 망고가 달린 나무를 본 까닭에 망고 주스는 당연히 생과일을 갈아서 만든 거라 여겼다. 아침식사를 숙소에 부탁하려고 주방에 갔다가 망고를 냄비에 넣고 끓이는 걸 보게 되었다. 뭘 하는 거냐고 물으니 망고 주스를 만드는 중이라고 했다. 망고를 크게 잘라서 물에 푹 고았다가 설탕을 듬뿍 넣고는 짓이기는 과정을 거치면 망고주스가 된다는 것이다. 그걸 냉장고에 넣어 식혀서 상에 내는 것이었다. 생과일치고 어째 너무 달다 했다. 망고 주스 때문에 아침식사를 주문하려고 했던 건데 당연히 아침식사 이야긴 꺼내지도 않았다.

쿠바엔 먹거리가 별로 없다. 맥도널드 메뉴만큼도 되지 않았던 것 같다. 우리가 즐겨 먹었던 것 중 하나가 기름에 튀긴 것이었는데 그게 무엇인지는 모르겠다. 밀가루 반죽을 일정한 크기로 떼어 내 찹쌀 도넛처럼 튀겨낸 것인데 값도 쌌지만 금세 튀긴 뜨겁고 기름진 것이 입맛에 맞았다. 익히지도 않은 햄을 넣은 빵을 포장도 없이 파는 것에 비해 뜨겁게 튀겨낸 것이라서 위생상의 믿음도 어느 정도 작용을 했던 것 같다. 밀가루 반죽 비슷한 것엔 다양한 재료들이 섞여 있는 것 같기도 했다. 실은 벌써부터 닭 머리를 떠올리고 있던 중이었다.

영화 '부에나비스타 쇼셜클럽'에서 콤파이 세쿤도는 과음을 했을 때 닭고기 수프를 끓여먹는다고 했다. 닭 목을 잘라 볶다가 다진 마늘을 넣고 끓이는데 속쓰림과 두통을 해소하는, 그야말로 숙취 해소를 위해서는 최고라고 했다.

하필이면 그의 숙취예방 비결이 그때 떠올랐는지는 모르겠지만 그걸 보면서 닭 머리를 떠올린 건 정말 닭 머리가 거기 들어갔을 수도 있

겠고 닭 머리를 갈아 넣은 게 아니었길 바라는 마음일 수도 있겠다. 무엇인들 어떠리. 쥐 대가리가 들어간 새우깡도 먹은 우리거늘. 그 속에 무엇이 들었는지는 알고 싶지도 않았다. 알게 되면 절대로 먹지 못할 것이라고 해도 말이다. 먹으면서 닭 주둥이거나 발톱이 씹히지 않기만을 바랄 뿐이었다. 아는 것이 힘이라면 모르는 것은 또 약이라고 했다. 둘 중에 뭔가를 선택해야 한다면 차라리 난 모르는 약을 먹고 싶다.

부산에 있을 때, 저녁마다 산책을 했더랬다. 봄이었다. 아파트 뒤편의 주택가 골목을 지나 사직구장의 공원을 거치게 되는데 공원에 이를 때쯤이면 사물을 정확하게 분간하기 어려울 정도로 어둑해지곤 했다. 어둑한 공원에서 밤꽃 냄새가 났다. 어찌나 강렬한지 아찔할 정도였다. 공원에 밤나무가 있을 리는 없고 어떤 나문지 무척이나 궁금했다. 낮에 가서 나무를 봐야지 했지만 집에 돌아오면 잊었다가 다시 저녁이면 궁금해지길 여러 날이었다. 그러다가 밝은 날 공원에 가서 나무를 보게 됐다. 역시 밤나무는 아니었다. 느티나무처럼 커다란 나무에 하얀 꽃이 피었고 그 꽃이 향기의 진원이었다. 주위에 사람들이 많았으나 물어볼 수가 없었다. 꽃의 향기가 밤꽃 냄새와 너무나도 닮았기 때문이었다.

문학지를 통해 '밤꽃 냄새'를 처음 접했었다. 그때 읽었던 많은 글에 밤꽃 냄새가 등장을 했던 터라 그 시절 문학을 떠올리면 늘 밤꽃 향기가 났다. 그 비릿하고 좋지도 않은 냄새가 왜 글에 그다지도 자주 등장을 했는지 이유도 모른 채 나 역시도 습작을 하면서 밤꽃 냄새를 들먹이곤 했던 것이다. 어떤 식으로 들먹였는지 지금은 생각나지 않지만 참 오만 곳에 갖다 붙였던 것 같다. 정확한 의미는 몰랐으나 문맥상으로 보아 좀더 어른스러운 세계의 어떤 것으로 받아들였던 터였다. 그래서 밤꽃 냄새가 등장하지 않는 글은 유치했고 밤꽃 냄새를 모르는 또래의 아이들은 어린아이처럼 느껴지던 때였다.

밤꽃 향기를 알게 된 것은 그 후로도 아주 많은 세월이 지난 후였다. 밤꽃 향기의 은유를 알고서야 뒤늦은 낯 뜨거움으로 곤혹스러웠다. 지금은 입가에 미소를 머금는 일이었으나 그땐 무지와 민망함으로 얼굴은 물론 속까지 화닥거렸었다.

봄밤, 복숭아 밭에 가지마라 했다. 복숭아 꽃에도 마음을 들뜨게 하는 향이 있어 남녀가 함께 있으면 춘정에 휩싸여 후회할 일이 생길 수 있기 때문이라 한다. 봄밤, 도화 아래서 달빛 운운을 더러는 했던 터였으나 그 이야기를 듣고 난 후로는 더 이상 도화라는 말에서 봄날의 화사함이나 봄밤의 운치가 아니라 색기를 먼저 느끼게 되었다.

이후로 밤꽃 향기나 도화라는 말을 입에도 글에도 올리지 않았다. 그들처럼 봄날, 봄밤의 운치를 더해줄 만한 것이 얼마나 있으랴. 그들이 없는 나의 봄날, 봄밤은 삭막하기 이를 데 없었다.

청소년이라고 하기엔 그만큼 어리지 않았고 청년이라고 하기엔 터무니 없이 어렸던, 청소년과 청년의 틈새. 이상만 끝없이 높았던, 누구나 겪었을 혼란한 나이였다. 누군지도 모르는 것들을 흉내 내고 뜻 모를 언어를 사용했던 다분히 치기어린 시절이었다. 엄마는 종종 어린 것이 뭘 알아, 혀를 찼지만 드러나지 않은 상처와 비밀들로 엄마가 생각하는 것보다 훨씬 더 복잡한 나이기도 했다. 누구의 무엇이 아닌 온전히 한 인간으로 살 수 있는 시절이 또한 그때가 아니었을까. 그래서 상상력만으로도 충분히 살 수 있었고 무모한 시도를 거듭하며 그 시절을 건너왔다. 어쩌면 그것이 그 시절을 건널 수 있는 가장 안전한 방법이었는지도 모르겠다.

그래도 내게 있어 '밤꽃 냄새'는 손때 묻은 애장품 같은 것이다. 밤나무 꽃이 몇 번 피고 지고 나니 어느새 상상보다는 연상이 많아지고

무모함은 줄었으나 의심이 깊은 어른이 되었다. 무엇인가를 알아간다는 것은 그만큼 또 잃어간다는 뜻이기도 한 모양이다. 뭔지도 모르고 밤꽃 냄새 운운하던 기억 속의 내게는 일지 않는 연민이 지금의 내게는 일고 있는 것을 봐도 그런 것 같다. [쿠바]

 일상과의 이별

꿈이 많고 깨고 나서 생각나지 않으면
떠날 때가 된 거야.
부쩍 회상이 많아지면
떠날 때가 된 거야.
길을 가다가, 밥을 먹다가, 책을 보다가 까닭 없이 자주 '멈칫'하게 되면
떠날 때가 된 거야.
느닷없이 옆 사람의 생이 궁금해지면
떠날 때가 된 거야.
감당해내야 할 일을 앞에 두고 요행을 바라고 있다면
떠날 때가 된 거야.
책을 읽고 상상하기보다 공감하는 일이 잦으면
떠날 때가 된 거야.
가지 않은 길에 대한 궁금증이 생긴다면
떠날 때가 된 거야.
위로가 필요하면 떠날 때가 된 거야.
나를 위로하는 것은 다른 무엇도 아닌 나의 외로움이기 때문이고
나의 외로움은 여행 중에 자주 만날 수 있으니까.
그 길에서 우리 우연히 마주치더라도
그땐 잠시 모른 척 하자.

두렵지 않다, 이미 자유로우니

비냘레스
아바나
바라데로
산타클라라
삐나르 델 리오
시엔푸에고스
시에고 데 아빌라
후벤투드
트리니다드
까마구웨이
올긴
바야모
관타나모
시에라 마에스뜨라 산맥
산티아고 데 쿠바

피델의 도시

영웅이 지역을 가리겠느냐마는 지역에 따라 조금씩은 다르기도 한 듯싶다. 쿠바 전역에서 체 게바라가 영웅시 되고 있다면 산티아고에서는 피델 카스트로가 제대로 영웅 대접을 받는 인상이었다. 입간판이나 벽화에 자주 등장하는 것으로 평가한 것이긴 하지만 카스트로가 바티스타 독재정권에 대항해 최초로 혁명을 일으킨 곳이니 아주 틀린 느낌은 아닐 것 같다. 산타클라라가 체 게바라의 도시인 것처럼 말이다.

지금도 어디선가 투쟁이 계속되고 있는 듯한 착각이 들 정도로 도시 곳곳에 혁명구호나 선전문구가 많았다. 특히 몬타나 병영 벽면의 총탄 구멍은 그런 상상을 부추긴다. 1953년 카스트로가 이끄는 반군과 바티스타 정부군의 총격전이 벌어졌던 몬타나 병영은 초등학교로 바뀌어 있었다. 우리가 찾아갔을 때에는 쉬는 시간이었다. 아이들은 전혀 경계하지 않고 창가로 몰려들었다.

바야모 아줌마가 소개해준 까사를 가려다가 먼저 《론리》 추천 까사로 향했다. 방이 둘 가능하다고 해서 일단 안심이었다. 방을 둘러보는데 크기가 엄청났다. 방이 커서 싫긴 또 처음이었다. 크기도 크기지만 내부의 장식이 뭐랄까, 뭔가가 출몰할 것처럼 좀 으스스 했다. 밤에 절대 혼자서는 잠을 잘 수 없을 것 같은 공포가 일었다. 매트리스도 단단했고 베개에서 냄새도 맡아지지 않았다. 청결하고 주방을 써도 된다는 말에 고민을 하다가 건넌방에 있는 아주머니를 찾았다. 아주머닌 벌써 침대 시트를 새로 씌우기 시작했다. 막 딴 곳을 돌아보고 오겠다고 하려던 참이었으나 아무 말도 못하고 일단 하루만 묵기로 예약을 했다.

이 까사도 여권을 달라고 했다. 짐짓 모르는 척 왜 그러느냐 했더니 일단 주면 숙박계를 쓰고 주겠다는 것이다. 우리가 보는 데서 같이 쓰자고 했더니 짜증을 있는 대로 낸다. 막무가내로 우기는 경우는 있었으나 이렇게 노골적으로 짜증을 내는 곳은 처음이다. 자기네는 지금까지 그런 식으로 했다는 것이다.

어찌나 당당한지 순간 지역별로 다른가 하고 넘어갈 뻔했다. 그럴 리가 있나. 이게 무슨 평양식 함흥식 냉면도 아니고. 우린 지금까지 그렇게 하지 않았다고 맞섰다. 보통 그렇게 나오면 까사 주인들이 수그러들게 되는데 이 아주머닌 우릴 훈계하듯 나무라고, 그래도 버티니 눈을 부라리며 아주 싸우자고 덤빈다.

까사 흥정 보름이면 주인 속을 절반 읽는다. 여권은 우리에게 몹시 중요하니 맡길 수가 없다. 그럼 가격을 쓰지 말고 우리가 보는 데서 숙박계를 쓰자고 하니 아주머니 얼굴이 환하게 밝아진다. 결국 금액을 뺀 숙박계를 쓰고 짐을 풀지 않은 채 까사를 나왔다. 도무지 기분이 나빠 그 집에 묵고 싶지 않았다. 하루 예약을 했으니 하루만 머물고 다른 곳을 알아볼 생각이었다.

공짜 커피 때문에

바야모 아주머니가 추천해준 까사에 갔다가 싫다는 말도 못하고 바로 나왔다. 좁고 더럽고 위험해 보였다. 다닥다닥 붙은 여관처럼 그랬다. 도무지 그 침대에선 침낭을 깔지도 못하겠고 샤워 시설은 토가 나왔다. 그처럼 더러운 까사는 보다보다 처음이었다. 인터넷을 통해 메모해간 까사 세 곳을 더 돌아봤으나 처음 들었던 까사만 못했다.

열악한 까사를 돌아보니 우리가 예약한 까사는 호텔이었다. 중국풍의 붉은 벽지는 고풍스럽게 느껴졌고 넓어 휑한 실내는 시원하게 탁

트인 기분이었다. 숙박계 때문에 아주머니와 좀 싫었던 것만 빼고는 호텔이 있다한들 이보다 낫겠나 싶을 정도였다. 이 간사함이라니.

이 집의 구조는 참 독특했다. 마치 우리나라의 한옥 구조다. 사각형으로 빙 돌아가며 방이 있었다. 가운데가 마당이었는데, 그러니까 하늘이 뚫려 있는 것이다. 현관을 지나면 마당이 나온다. 집이 얼마나 넓고 미로처럼 얽혀 있는지 길을 잃을 것만 같았다. 주방은 늘 오픈되어 있었다. 따로 벽도 문도 없었다. 방을 나와서 복도처럼 이어진 처마를 따라 가면 주방이었다. 그릇과 불을 쓰는 것도 알려주었다.

짐을 풀고 쉬고 있는데 아주머니가 커피를 좋아하느냐 묻는다. 그렇다고 하니 커피가 담긴 보온병과 에스프레소 네 잔을 쟁반에 담아 가지고 왔다. 맛있게 먹다가 이건 필시 돈을 받을 것이란 생각이 들었다. 장부에 올리지 않으려고 여권부터 내놓으라던 아주머니 행태로 봐서 커피값 바가지는 기본이라는 생각에 이르자 커피가 체하는 기분이었다. 이때까지만 해도 우리에게 아줌만 돈독 오른 까사 주인이었다. 다음 날 아침, 아주머니가 방으로 또 커피를 가지고 왔다. 갑자기 커피 좋아하지 않는다며 사양을 했다. 당황하던 아주머니의 표정이라니.

주방에서 식사준비를 하는데 아주머닌 관심이 없다. 다만 일회용 국거리와 햇반을 보고 전에 왔던 한국인 여행자들도 그런 것을 가지고 왔더라며 웃었다. 한국인 여행자가 자주 오느냐고 물으니 매년 온다고 한다. 다른 까사 주인들처럼 관리, 관찰하듯 곁에 붙어 있지 않으니 숨통이 트였다.

아주머닌 마당 쪽으로 흔들의자를 놓고 책을 보거나 기도문을 읽었다. 그런 아줌마가 문득, 맘에 들었다. 커피를 마시려고 밖으로 나가는 것도 귀찮았다. 땡볕에 가서 파리 쫓아가며 땀 뻘뻘 흘리며 뜨거운 커피를 마시기보단 차라리 커필 참고 말지, 했었다. 까사의 커피가 바가지만 아니라면 시원한 에어컨 바람을 쐬면서 먹는 에스프레소, 정말 행복할 것 같았다.

아주머니께 커피가 얼마냐고 물었다. 공짜라고 했다. 커피를 좋아한다고 해서 준다는 것이다. 아아, 그 자리에서 바로 나흘 더 계약을 했다. 되돌려 보냈던 커피가 어찌나 부끄럽고도 아깝던지. 아주머닌 쌀도 마음껏 먹으라고 쌀독까지 알려줬다. 여자들은 안다. 쌀독을 내어주기가 얼마나 어려운지.

에어컨이 마당 쪽으로 나 있었다. 그러니까 우리가 에어컨을 틀면 마당은 에어컨 돌아가는 소리로 사람의 말소리가 들리지 않았고 그렇잖아도 후텁지근한 공기가 더 더웠다. 그러니 방에서 에어컨 돌리는 것도 맘이 편하지 않았다. 까마구웨이처럼 주인이 얄미우면 에어컨을 켜두고 외출해도 상관이 없겠지만 주인이 친절하니 마치 도둑질을 하듯 에어컨을 켜게 된다. 오래 머물다보니 숙소에서 머무는 시간도 길어졌다. 방이 또 다른 곳보다 두 배는 커서 에어컨을 어지간히 돌려서는 시원한 기별도 없다. 화장실이 웬만한 숙소의 방처럼 커서 이래저래 냉방이 필요했지만 어찌나 눈치가 보이던지 에어컨을 껐다가 더위를 견디지 못할 쯤에 다시 켜고를 반복했다. 친하다는 것이 불편할 때도 있다. 지금이 그랬다.

그날 저녁 우리는

보스턴에서 차를 타고 캐나다 국경을 넘은 일, 금세라도 떨어질 듯 우당탕거리던 쿠바 행 비행기, 그 비행기 안에서 내려다보이던 키웨스트, 여러 번 돌고 돌아 지금의 숙소에 든 일들이 마치 일 년 전의 일처럼 아득하게 느껴졌다. 그리고 이 무더운 낯선 땅에서 눈을 뜨는 일이 일상처럼 느껴지는 것이다. 그건 아마 여행에 접어들면서 갖게 되는 마음 상태 때문일 것이다.

일찍 일어나야 하고 집에서라면 건너뛸 아침을 꼭 챙겨야 하며 무조건 씻게 된다. 자주 지도를 펼치고 자주 시계를 보는 것에 마음이 재단되어 있기 때문에 일상처럼 느껴지는 게 아닐까 싶다. 그런 까닭인지 여러 곳을 다니기보다 한 곳에 머무르는 시간이 길어지고 있었다.

산티아고 데 쿠바에서 머무는 동안 줄곧 세스페데스 공원에 있는 식당에서 저녁을 먹었다. 메뉴도 한 가지, 튀긴 닭고기였다. 맛이 괜찮기도 했지만 그보다는 다른 식당에서 새로운 메뉴를 찾는 것도 성가셨고 또 어떤 맛일지 모험을 하고 싶지도 않았다.

쿠바엔 정말 먹을거리가 별로였다. 종류도 적고 그나마 입에 맞는 것은 너무 짰다. 사흘째 그 집을 찾았을 때였다. 여전히 튀긴 닭고기와 맥주를 마시며 다음 날 일정을 계획하고 있었다.

식사가 거의 다 끝나갈 무렵 옆자리에 앉았던 여자와 눈이 마주쳤다. 중년의 여자 둘이 맥주 한 캔을 놓고 나눠 마시고 있었다. 눈이 마주친 여자는 서툰 영어로 중국인이냐고 묻더니 카메라를 보고는 저널리스트냐고 물었다. 그렇게 우리의 대화는 시작되었다.

건축 설계사라며 자신을 소개했다. 옆자리에 있는 중년 여자는 이모이며 오늘이 그녀의 생일이라 축하하는 중이라고 한다. 서툰 영어와 스페인어를 섞어가며 대화는 길게 이어졌다.

소련이 붕괴되기 전에는 집으로 친구들을 초대해서 파티를 했었다고 한다. 호화롭진 않았어도 먹고 싶은 것은 먹을 수 있었고 불편한 것 모르며 살 수 있었으나 소련이 붕괴되면서 그 모든 것들도 함께 사라졌다는 것이다. 미국에 친척이 있는 일부는 그들이 보내주는 돈이나 옷가지들로 풍요롭게 지낼 수 있으나 그렇지 못한 사람들이 대부분이라며 목소리를 낮췄다. 식당은 호텔 바로 옆에 있어서 관광객 보호를 위해 경찰이 경비를 돌고 있었기 때문이다. 경찰이 식탁 옆을 지나가면 그녀들은 말을 멈추고 우리에게도 눈짓을 줬다. 쿠바인들이 관광객과 대화하는 것을 경계하는 건 여행 내내 느낄 수 있었다.

우리에게 여행 일정을 묻더니 자신들은 여행을 할 수 없다며 아바나에 가고 싶다고 했다. 교통이 불편하고 또 숙박할 경비가 없어 살고 있는 도시를 벗어나는 일이 거의 불가능하다면서 가끔 여행자를 통해서 다른 도시 이야기를 듣는다고 했다. 쿠바 전체가 어둡다며 전기료가 비싸냐고 물었더니 전력 사정은 좋지 않지만 누구나 전기를 사용한다는 말로 전기료에 대한 대답을 대신했다.

전기를 많이 필요로 하는 가전제품을 일반 쿠바인들은 지니지 못하고 있다고 했다. 일부 사람들만 냉장고나 텔레비전을 가지고 있지만 그 외에는 까사를 하는 사람들만 전기를 많이 쓴다고 했다. 그러니 우리처럼 풍족하진 않으나 적어도 이들은 전기료를 내지 못해 전기가 끊기는 그런 일은 없단다. 이것이 우리가 평등을 열망하는 이유인 것이다.

언제 산티아고 데 쿠바를 떠나느냐 묻던 그들은 산티아고 데 쿠바에서 꼭 가봐야 할 곳이라며 엘 꼬브레를 추천하며 가는 길까지 세세하게 알려주었다. 이야기는 두어 시간이나 이어졌다. 밤도 깊어지고 모기도 극성이라 자리를 정리하려고 하니 그녀는 맥주를 한 캔 사달라고 했다. 맥주 한 캔을 두고 둘이 나눠 마시는 것을 보면서 우리 앞에 놓인 여러 개의 맥주 캔이 까닭 없이 미안하고 부끄러웠던 참이라 두 개를 주문했다. 이모라는 사람이 우리가 먹다 남긴 닭고기를 가져가도 되겠느냐 물었다. 도무지 영문을 몰라 대답을 하지 못하고 있으니 그녀는 집에서 키우는 개를 주려고 한다며 가방에서 비닐봉지를 꺼냈다. 개를 준다는 말에 접시 네 개를 밀어주긴 했으나 마음이 무거웠다.

그들은 작별인사로 우리의 이름을 일일이 호명하며 안았다. 그리고 선물이라면서 자신이 지니고 있던 성인 패를 건네주었다. 아기예수를 안은 성모 마리아가 있었다. 작별인사는 길게 이어져 다소 부담스러웠으나 돌아오는 길은 좋은 영화를 본 감동이 일었다. 설사 그들이 작정하고 우리에게 사기를 쳤다고 해도 상관은 없었다. 그래봐야 맥주 두 캔이다. 그들에게 들은 쿠바의 사정에 비해 우리가 지불한 대가는 너무 미미하지 않은가. 지금까지 마음에 걸리는 것은 그들이 가지고 간 닭 뼈가 참말로 그들의 개를 위한 것이길 바란다는 것이다.

익숙한 풍경

쿠바의 첫 수도였고 두 번째로 큰 도시인 산티아고는 산악지대에 있어서 거대한 산동네처럼 입체적인 도시다. 언덕이 높았고 우리 식으로 하자면 달동네도 많았다. 산티아고의 가장 중심지라고 할 수 있는 세스페데스 공원은 언덕 높은 곳에 있어서 그곳에 서면 도시를 내려다볼 수 있다. 훤히 내려다보이는 것은 아니나 쭉 뻗은 길은 그 끝이 보이지 않을 때까지 이어져 있다. 마치 칼로 자른 듯 반듯하다. 도로망이 잘 되어 있다고 표현해야 하나.

빽빽한 건물들 사이로 수많은 골목이 있어서 넓지만 오밀조밀한 느낌을 주는 것 같기도 했다. 버스, 자전거, 오토바이, 릭샤 등 탈 것들이 많기도 했고 렌터카도 많이 눈에 띄었다. 쿠바 전역에 걸쳐 제일 복잡한 도시였던 것 같다.

쿠바엔 사거리마다 'PARE(빠레)'라는 표지판이 있다. 이 '빠레'는

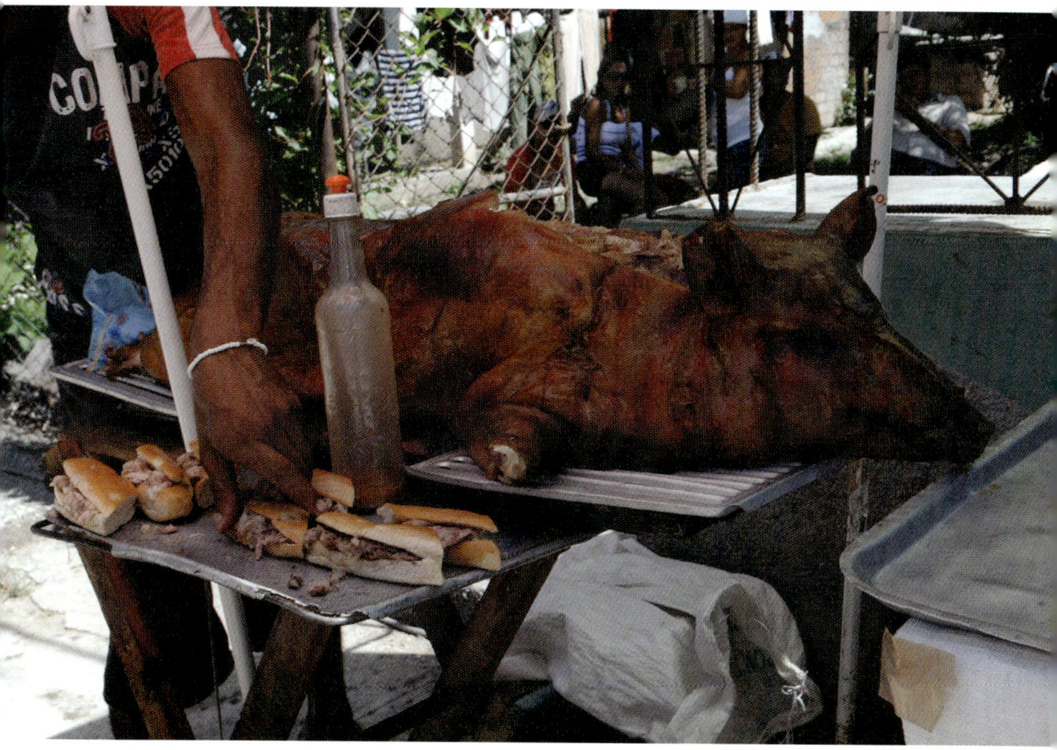

'멈춤'이다. 여기에선 무조건 서야 한다. 이유 없다. 어길 시에는 많은 벌금을 물어야 한다. 아니, 벌금이 문제가 아니다. 우리 같으면 사거리에서 속도를 줄이고 방어운전을 하기 마련이지만 여기선 전혀 그렇지 않다. 길도 좁고 사람도 많은데 우선권이 있는 쪽의 사람들은 거침없이 달린다. 거의 고속도로 주행속도로 달린다. 부딪히면 차도 사람도 남아나지 않을 정도로 달려버린다. 그건 공포였다. 산티아고에서 만큼은 '빠레' 간판이 없더라도 속도를 줄이며 좌우를 살폈다.

도로는 일방통행이 많았다. 가끔 옆에 목적지를 두고도 이 일방통행 때문에 길을 찾기가 쉽지 않았다. 목전에 두고도 같은 길을 여러 번 빙빙 돌면서, 융통성 없는 사람과 일방통행인 사람을 생각했다. 사귀는 사람이 어떤 사람이라야 덜 절망적일까, 혹은 희망적일까.

골목길에서

자주 걷는다. 심심해도 그렇고 풀기 쉽지 않은 문제가 있어도 그렇다. 더러는 생각의 실마리가 풀려서 뜻하지 않은 것을 얻을 때도 있고 또 때로는 해결의 실마리를 찾을 때도 있어 즐겨 걷는 편이다. 소극적인 성향 탓인지 문제가 생기면 친구와 의논하고 조언을 구하는 대신 혼자 걷게 되는데 이럴 때는 몸이 지칠 때까지 계속된다. 그러나 무엇보다 걷는 것이 좋다. 아주 좋아죽겠다는 것은 아니지만 그냥 좋다.

걷기에 골목길만한 곳이 어디있으랴. 아무리 더운 한낮이라도 한 몸 가릴 그늘은 어딘가에 꼭 있기 마련이고 바람 한 짐 없어도 담벼락에 기대 있으면 때때로 기적처럼 골바람이 들기도 한다.

겨울이라면 따뜻하게 데워진 벽에 등을 기대고 추위를 달래기도 하고, 얼굴에 닿는 햇빛에 잠시 낮잠이라도 잘 수 있을 것처럼 고요하여 또 좋다. 그럴 때의 골목은 말수가 적고 목소리가 낮은 사람 같아서

내 안의 소리를 죽이게 되고 자꾸 귀를 기울이게 된다.

그러나 무엇보다 골목을 걷기에 좋은 시간은 해거름이다. 골목마다 음식냄새가 가득하고 두런두런 사람소리도 넘나든다. 아무 문이나 열고 들어가면 거기 내 밥상이 차려져 있을 것만 같은 건 대문은 잠겨 있으나 담이 낮고 창마다 불이 켜져서 그런 게 아닌가 싶다.

가로등에 불이 하나 둘 들어올 때면 새삼스레 좀더 착해져야 할 것 같은 생각이 들고 사실 그럴 때의 나는 이전보다 조금 더 착해지는 느낌이기도 하다. 그런 느낌은 누구보다 내가 먼저 기분 좋은 일이라 마음이 분분하여 갈피를 잡을 수 없을 때면 그냥 걷게 된다. 그러다보면 발길은 자연스레 어느 골목으로 들어서고 낮은 창 아래를 서성이게 되는 것이다.

정수리를 꿰뚫을 듯한 햇볕이 한풀 꺾이고 나서 찾아든 산티아고의 산동네는 낯설지 않았다. 다소 익숙한 풍경이었다. 내가 그간 다녔던 골목과 많이 닮아 있어 모르는 스페인어였지만 무슨 뜻인지 다 알아들을 것도 같았다. 골목에 사는 사람들이 빚어내는 정서는 모두 비슷한 모양이다. 그래서 나도 모르게 빵을 파는 아저씨께 한국말로 빵이 얼마냐고 물었던 것 같다.

그늘에 앉아 있는 사람들이 하나둘 보이더니 해거름이 되니 어디에 있었는가 싶게 많은 사람들이 골목으로 쏟아져 나왔다. 어느 도시보다 더웠던 터라 해가 진 뒤로는 견딜 만해서 우리도 차를 세워두고 조금 한가한 마음으로 골목을 걸었다.

골목마다 도미노를 하는 사람들의 모습은 장기나 바둑을 두는 우리나라 골목 풍경과 흡사했다. 뿐이 아니다. 야구나 축구를 하며 아이들이 노는 모양도 다방구, 사방치기, 고무줄놀이, 딱지치기를 떠오르

사랑이 약속으로 얻어지는 것도 아니고 다짐으로 지속되는 것도 아닌데

오랜 만에 만나 두 연인은

자꾸 사랑하느냐 조바심 내고 사랑한다며 맹세하더군.

사랑은 멀리 있어도 사랑이라는 걸 알 날이 오긴 오겠지.

게 했다. 다른 것이 있다면 집 앞에 앉아 몇몇이 모여 기타를 치고 노래를 하는 사람들이 많았다는 것. 과일을 내놓고 파는 사람, 빵 수레를 끌고 다니는 사람, 케이크를 들고 다니는 사람, 아이스크림을 파는 사람들이 유난히 많았던 곳이기도 하다. 물론, 보는 것마다 다 샀다. 먹고도 싶었고 사는 재미도 있었고 물건을 사면서 그들과 인사를 나누는 것도 즐거웠다. 방 한 칸 얻어두고 한 계절 살아도 좋을 만치 낯설지 않고 인정스러웠다.

엘 꼬브레의 성모

1612년에서 1613년 초기, 두 인디언 형제와 9~10세 정도의 흑인노예가 소금을 얻기 위해 니페Nipe 만에 갔다가 풍랑을 만난다. 배가 뒤집히고 물에 빠졌을 때 그들은 떠 있는 나무판자를 발견하고 그 판자에 의지해 살아나게 된다. 그 나무판자에는 한 손엔 아기예수를 또 한 손에 황금십자가를 들고 있는 흑인 성모마리아가 그려져 있었다. 이 까리다드 성모를 기념하는 성당이 엘 꼬브레 성당이다.

산티아고 데 쿠바에서 서쪽으로 20킬로미터쯤 떨어진 곳에 엘 꼬브레가 있다. 이곳은 쿠바의 가장 거룩한 순례지로 많은 쿠바인들이 그 불편한 교통에도 불구하고 발길이 끊이지 않는 곳이다. 쿠바인들은 까리다드 성모를 쿠바의 수호자로 모시고 있다.

니페 만의 이 기적을 쿠바의 예술가들이 모티브로 삼은 것도 봤다. 니페 만에서 소년들을 구했듯이 쿠바를 구해 줄 것이란 메시지를 담은 조각과 그림을 올긴에 있던 전시실에서 관람했었다.

눈에 띄는 것은 수많은 상패와 메달, 돈, 귀중품 등 헤아릴 수 없이 다양한 물건들이었다. 사람들이 자신이 가진 최고의 것을 성모께 바친 것이라고 한다. 헤밍웨이 역시 노벨상을 탄 후 상금을 이곳에 바쳤다고 한다. 우리가 갔을 때에는 성인식을 하는 소녀가 촬영을 하느라 분주했다. 멀지만 성지에서 성인식을 하고 싶어 많은 이들이 촬영을 하기 위해 온다는 게 주차 요원의 귀띔이었다.

그는 2000년, 폐광되기 전까지 그 근처에 있는 광산에서 일을 하다가 폐광이 된 후부터 주차 요원으로 일을 한다고 했다. 성당에서 일하는 많은 사람들이 광산에서 일을 했던 사람들이라고 한다. 2000년까진 그 일대의 주민들 대부분이 광산에서 일을 했다는 말에 엘 꼬브레로 오던 구불거리고 험한 길이 이해가 되었다.

누구에게나 수호천사가 있다고 한다. 그 수호천사를 모두 알아보지 못하는 것은 믿지 않기 때문이란다. 사람들은 키다리 아저씨를 꿈꾸면서도 수호천사는 관심 밖이다. 키다리 아저씨가 현실에서 어깨를 내어 준다면 수호천사는 영혼의 의지처다. 무엇이든 간에 언제나 나를 지지하고 수호하는 것이 있다는 것, 얼마나 든든한 일인가.

모로 성

새로운 나라에 가면 가장 먼저 압도당하는 게 건축물이다. 터키에 갔을 때에는 모스크에 정신을 빼앗겼었다. 한 달 동안 다니면서 제일 많이 본 것이 모스크였다. 처음 일주일은 신기했지만 그 이후로는 모스크가 보여도 그런가보다 하게 됐다.

보스틴에 도착한 처음엔 몇 백 년이나 된 건물이 장엄하여 고개가 아프도록 쳐다보며 구경했었다. 그러나 그것도 좀 지나니 붉은 벽돌 우리 집이나 별반 다른 감흥 없이 보게 되었다. 특히 이런 증세는 박물관에서 두드러진다. 교과서에서나 보던 유명한 그림도 조각도 한두 시간 지나고 나면 그게 그거 같아 돌아보는 속도가 빨라지는 것이다.

쿠바에서도 그랬다. 어찌나 광장이 많던지. 콧수염이거나 혹은 구렛나루를 한 혁명가들 부조도 다 비슷비슷해서 모르겠고, 읽지 못하는 스페인어로 쓰인 혁명문구도 서서히 지겨워졌다. 내가 뭐 여기 혁명하자고 온 것도 아니고.

기념관에 전시된 것들을 봐도 그렇다. 경주와 같은 유적지에 가서 우리나라 보물을 보면 처음엔 그 섬세함에 놀라다가 나중엔 나도 모르게 돈으로 환산하고 있는 것처럼, 그런 기분이었다. 이제야 이곳에 적응이 되는 모양이다.

더위에도 더는 호들갑 떨지 않을 때쯤 모로 성을 찾았다. 7세기 초반 세워진 모로 성은 산티아고 데 쿠바 시내에서 서남쪽으로 약 10킬로미터 떨어진 곳에 있다. 성이란 대부분 적의 침입을 막기 위해 세워진 것이라 언덕 꼭대기나 높은 산에 위치한다. 그러니 풍경은 덤이다. 아바나의 엘모로 요새에서 바라보는 풍광도 근사하나 이곳에서 내려다보는 풍광도 그에 못지않다. 아찔한 절벽 아래로 보이는 카리브 해와 그 아래로 보이는 붉은 지붕이 빚어내는 풍경에 발길이 쉬 돌려지지 않았다. 세상과 동떨어진 기분도 들었는데 그건 아주 특별한 느낌이었다. 성에 갇힌 공주들이 외롭지만은 않았을 것 같다. 먹을 것과 몇 권의 책을 준다면 한동안은 휴가처럼 지내고 싶은 곳이었다. [쿠바]

  # 쿠바의 세퍼드

그는 쿠바의 교수였대.

바티스타 정권이 무너지고 카스트로가 집권을 하면서 그는 미국으로 망명을 했던 거야. 미국에서 샌드위치 장사를 하면서 살다가 노인이 되어서는 도미노를 두면서 노년을 보내게 됐지. 그가 도미노를 하던 장소는 많은 남미 사람들이 사는 곳이었는데 그와 같은 사람들이 모여서 도미노를 두는 곳으로 유명해 졌다는 거야. 그래서 그 장소가 소문이 나면서 관광명소가 되고 사람들이 많이 모였다나 봐.

어느 날, 그는 늘 그랬던 것처럼 사람들과 도미노를 하다가 정치이야기를 하게 됐어. 대화란 그렇잖아. 하다가 보면 흥분하게 되고 과열이 되는 거. 더구나 정치 이야기니 오죽했겠어. 멕시코인 한 사람이 그에게 '너는 니네 나라에서 교수였으니 쿠바 정치이야기 좀 해보라'면서 농담에다가 약간의 조소까지 섞어서 말을 했어. 그렇잖아도 관광객들이 자신을 찍어대고 관광지 구경거리가 된 처지가 서글펐는데 친구들까지 비아냥거리니까 감정이 폭발하게 된 거야.

잠시 후 감정을 추스른 뒤에, 그는 그들에게 담담하게 우화를 하나 들려주게 돼.

쿠바의 강아지가 한 마리 있었어.
미국에 오니 온갖 예쁜 강아지들이 많았지.
그 중 한 마리에게 쿠바 강아지가 작업을 걸었는데
이 예쁜 강아지가 똥개라며 무시를 했어.
그 개도 쿠바에선 독일산 셰퍼드였었는데 말야.

《쿠바에서 나는 독일 셰퍼드였다》는 책의 내용이야.
쿠바에서 독일 셰퍼드로 사는 것과
미국에서 똥개로 사는 것과의 거리는 얼마쯤일까.

열번 째 이야기

갓길에서
꾸는
짧은 꿈

아바나
바라데로
비날레스
파나르 델 리오
후벤투드
시엔푸에고스
산타클라라
시에고 데 아빌라
트리니다드
까마구웨이
올긴
바야모
관타나모
시에라 마에스트라 산맥
산티아고 데 쿠바

갈 수 없는 길

괌타나모로 길을 잡았다. 그러나 산티아고 데 쿠바를 떠난 지 얼마 되지 않아 도로에 갇혀 오도가도 못 하게 되었다. 도로가 웅덩이처럼 파여서 지뢰밭을 건너듯 운전을 하던 터였다. 아토스 정도는 통째로 빠질 만큼 큰 웅덩이들이 징검다리처럼 놓여 있었다. 바로 앞의 웅덩이를 피하려다가 그만 굉음을 내며 옆쪽 웅덩이에 바퀴 한쪽이 빠졌다. 순간 차 안의 사람들도 튀어 올랐고 차는 앞쪽이 모두 부서진 게 아닐까 했을 정도로 충격을 받았다. 가까스로 웅덩이를 빠져나왔지만 앞쪽 타이어가 이상해졌다.

차에서 내려 길 앞쪽으로 걸어가 봤다. 그런 길이 끝도 없이 이어졌다. 이런 식이라면 100미터도 갈 수 없을 정도였다. 관타나모를 지나 바라코아까지 갈 생각이었는데 그만 차를 돌리기로 했다. 무리했다간 차를 떠메고 가야 할 상황이었다. 차를 되돌려 올긴으로 가기로 결정을 했다. 아쉽다는 생각이 들 겨를도 없었다. 그동안 왔던 길을 어떻게 다시 가나, 아득한 마음이었다. 그런 길은 차를 통제시키거나 아니면 안내판 정도는 있어도 좋지 않겠나. 아무리 쿠바라고 해도, 사람 잡자는 것도 아니고.

깜짝 축제

언덕을 오르내렸다. 논도 지났다. 사탕수수 밭도 지났다. 그리고 다리 하나를 막 지났다. 다리를 지나자마자 음악소리가 들리고 사람들이 가득 몰려 있었다. 축제 중이었다. 축제는 일주일 동안 계속된다고 했다. 주차를 하고 내렸다.

그들은 모두 이방인인 우릴 반겼다. 우리 앞에서 춤을 추기도 하고 함께 춤을 추자고 부추기기도 했다. 자신들이 마시던 맥주를 우리에게 건네주며 돌려가며 마셨다. 누구랄 것도 없이 맥주를 마시며 춤을 추느라 땡볕도 아랑곳하지 않았다. 먹거리가 풍성한 것도 아니었다. 바나나와 돼지고기 튀긴 것, 햄을 넣은 빵, 아이스크림이 전부였다. 하지만 작은 동네는 이미 축제로 흠뻑 젖어 있었다.

돼지고기 튀김을 막 사서 손에 받아들었을 때였다. 대여섯 살 정도 되어 보이는 여자아이가 아이스크림을 사달라며 떼를 쓰고 있었다. 엄마는 들은 척도 않고 앞장서서 걸었고 아이는 아이스크림 앞에서 계속 울었다. 하나 사주고 싶었다.

그러나 돼지고기 튀김과 볶은 고기를 넣은 빵, 어깨에 멘 카메라까지 두 손은 자유롭지 못했고 일행은 멀리에 있었다. 급히 차에 먹거리들을 넣어두고 꼬마를 찾으러 나섰다. Y와 D와 함께 그 일대를 몇 번에 걸쳐 돌았지만 울고 있던 아이는 보이지 않았다. 땡볕에 아이스크림이 먹고 싶다고 땀을 흘리며 울던 아이에게 정말이지 아이스크림을 꼭 사주고 싶었다.

관타나모를 가지 못해 급하게 올긴으로 길을 잡은 터였다. 까사만 있다면 축제도 즐기고 쉬어가면 좋을 것 같았다. 그러나 워낙 작은 동네라서 그런지 호텔도 까사도 없었다. 공연히 축제에 발이 묶였다가 고생할 것 같아 먹을 것만 사서 돌아왔다.

튀긴 돼지고기가 그렇게 맛날 줄 몰랐다. 몹시 아쉬웠는데 돼지고기 때문에 금세 잊었다. 차에서 먹었던 튀긴 돼지고기를 지금도 가끔 떠올린다. 생의 절반이 먹는 즐거움이라는 말, 틀림없는 사실이다.

카스트로의 고향

악플보다 참을 수 없는 건 무플이고 미움 받는 사람보다 잊어진 사람이 제일 불쌍하며 왕따보다 더 괴로운 건 존재감 없는 것이라고 한

자기가 감기에 걸렸을 때 피곤하다며 전화를 끊는 사람이 있고

자기가 아플 때 감기조심 하라고 전화하는 사람이 있더군.

감기조심 하길 바래.

다. 우리가 딱 그 짝이었다.

카스트로가 태어난 도시 올긴은 쿠바가 아닌 다른 나라 같았다. 도시 전체가 환했다. 사람들의 차림새도 깨끗했고 무엇보다 삐끼가 없었다. 그러나 그 모든 것보다 우리에게 관심을 보이는 사람들이 없었다. 어느 도시를 가도 '치노(중국인)'라고 우리를 부르던 이들이 한둘은 있었는데 이곳에선 쳐다도 보지 않는다. 마치 릭샤의 도시처럼 유난히 릭샤가 많았는데 그들조차 우리를 힐끔 보고는 말았다.

가르시아 광장을 중심으로 상점이 밀집되어 있고 숙소가 바로 옆이라 광장을 들락날락 했다. 상점 앞을 서성여도 호객행위를 전혀 하지 않았다. 팝콘 파는 것을 처음 보고 그걸 사려고 가까이서 얼쩡거리는데도 관심이 없다. 공연히 무안해서 사지 않고 이만큼 나와 버렸다.

지나친 관심으로 피곤했었는데 막상 관심을 전혀 주지 않으니 그 또한 서운했다. 쿠바에서 이런 일 처음이다.

가난의 의미

올긴에서 까마구웨이로 가는 길은 외길이다. 우린 며칠 전에 달려왔던 길을 되돌아가는 길이었다. 산길에서 바나나와 귤을 샀던 청년들을 다시 만났다. 그들도 우릴 기억하고 있었다. 전에는 소극적이었던 그들이 이번에는 적극적으로 포즈를 잡더니 어깨동무를 하고 사진을 찍자고 한다. 찍어봐야 가질 수도 없는 사진을 그들은 이렇게 열심히 찍고 싶어 한다.

사진뿐 아니다. 지난번에는 사라는 말도 못하더니 이번에는 이것저것 권했다. 기꺼이 이것저것 샀다. 이렇게 같은 길을 되짚기도 쉽지 않은 일이고 같은 사람을 다시 만나기도 쉽지 않은데 이것도 쿠바라서 가능한 일이었을까.

가난하다는 건 가진 걸 잃은 게 아니다. 더는 버릴 게 없는 상태다. 좁은 평수의 집이 아니라 사글세를 내지 못해 쫓겨날 처지인 것이고 자가용이 없어 택시를 타는 게 아니라 버스비도 없는 것이다. 가난하다는 건 어떤 말로 미화해도 도무지 불편한 것들 투성이인 상태다.

쿠바엔 한 집에 여러 세대가 산다. 처음엔 우리나라처럼 대가족 정서인 줄 알았다. 아니었다. 주택이 모자라 어쩔 수 없이 모두 모여 산다고 한다. 집만 부족한 것이 아니었다. 물자 또한 부족했다.

까사를 구할 때 주인 몰래 했던 것이 베개와 매트리스의 냄새를 맡는 거였다. 베개나 매트리스 커버는 어느 곳이나 깨끗했다. 그러나 베개나 매트리스에 유독 지독한 악취가 나는 것이 있었다. 오래 사용해서 나는 그런 냄새였다. 어쩔 수 없는 노릇이다.

물자 부족은 나라 전체의 문제였다. 이렇게 뭐든 부족하다 보니 매트리스라도 있으면 부자인 셈이다. 많은 사람들이 맨바닥에 자는 것을 봤다. 우리처럼 온돌이 아닌 타일이 깔린 바닥에서.

무소유란 많이 가진 이들에겐 비움의 미학을 가르쳐 주지만 없어서 불편한 사람들에겐 그마저도 부러운 자산인 것이다.

남미 대부분의 나라 역시 가난하고 열악한 환경이다. 그런 나라에 비하면 쿠바는 잘사는 축에 속할지도 모른다. 거지가 없고 돈이 없어 못 배우는 아이들도 없다. 거리에 어슬렁거리는 개가 없고 쥐도 눈에 띄지 않아 후미진 곳이라고 해도 깨끗한 편이다. 전염병이 창궐하지도 않는다. 쿠바는 예방의학이 뛰어난 나라다.

누구나 의료혜택을 누릴 수 있고 굶주리는 사람이 없는 것만으로도 오히려 잘 사는 축에 속하는지도 모른다.

그러나 인도나 아프리카, 다른 남미에서는 일지 않는 안쓰러움이 쿠바에서 이는 것은 이들은 그들과 다르기 때문이다. 독재권력에 의해서 혹은 권력층의 착취에 의한 가난이나 굶주림이 아니라 절대적인 물자 부족에 의한 결핍 상태이기 때문이다.

쿠바는 소련의 붕괴와 미국의 봉쇄로 철저하게 고립되고 단절된 상태다. 부지런해도 가난할 수밖에 없는 그들의 모습에서 내 아버지의 청년시절을 볼 수 있었다. 그래서 그들에게 연민이 일고 내 통장의 잔고가 불어나듯 그들이 잘 살았으면 하는 바람이 드는 것일 테다.

쿠바의 커피

아무리 생각해도 그 집만한 숙소도 없을 듯했다. 다시 여러 집을 다니며 알아보기도 피곤했고 따라붙는 삐끼를 감당할 자신도 없었다. 길게 생각하지 않았다. 주인은 영 아니지만 그 숙소로 가기로 했다. 물 잘 나오고 빨래하기 좋게 세면대 크고 깊고 에어컨 펑펑 돌려도 전혀 미안하지 않은 곳, 그 집으로 가기로 결정했다.

문을 열고 나온 여자는 우리를 보고 깜짝 놀란다. '너희가 왜?' 하는 그 표정엔 놀람과 당황이 교차 편집되고 있었다. 방이 있느냐 물었더니 있다면서 웃긴 하는데 그 웃음의 복잡 미묘함이라니. 그 심정 왜 모르랴. 우린 무슨 문제 있었느냐 싶으리 만치 태연하게 숙박계를 쓰고 짐을 날랐다.

'티나호네'의 물을 마시지 않았지만 결국 까마구웨이로 다시 왔다고 그날의 일기를 시작했다.

커피 하우스로 갔다. 산티아고 데 쿠바에서 다시 까마구웨이까지 오는 동안 마셨던 커피 중에서 까마구웨이 커피가 최고였다.

생각에 잠기면 머리카락을 손가락으로 돌돌 마는 버릇이 있는데

어떤 이는 손가락을 보고

어떤 이는 손가락에 말리는 머리카락을 보고

어떤 이는 눈빛을 봐.

지금 무슨 생각해?

사탕수수만큼이나 쿠바는 커피로도 유명하다. 차를 렌트하면서 기대했던 것 중 하나가 커피농장이었다. 그러나 만나지 못했다. 커피는 주로 산악지대에서 자란다고 한다. 커피가 자랄 수 있는 토양이나 기후는 의외로 까다롭다. 배수가 잘 되어야 하고 기후도 15-25도 사이여야 한다는 것이다. 특히 햇빛에 장시간 직접 노출이 되지 않아야 하며 고지대일수록 질 좋은 커피가 생산된다고 하니 우리가 지나는 길에 볼 수 없었던 것도 당연했다.

이러한 기후가 잘 맞는 곳이 적도를 중심으로 해서 위로는 북회귀선과 아래로는 남회귀선인데 그런 위치를 커피 존 또는 커피 벨트라고 부른다. 커피가 잘 자라고 질 좋은 커피를 생산할 수 있는 곳이다.

적도로는 에티오피아, 콜롬비아가 있고 남회귀선이 지나는 곳에 브라질, 탄자니아가 있으며 북회귀선이 지나는 곳에 멕시코 예멘 그리고 쿠바가 있다. 쿠바의 커피는 따로 말하지 않아도 될 만큼 유명하다. 갓 볶아 내린 커피는 이전에 들었던 유명세 그 이상이었다. 유명 광고 카피를 빌어 말하자면 어떤 맛을 상상해도 그 이상이랄 수 있다.

쿠바엔 인스턴트 커피가 없다. 인스턴트 커피는 모두가 수입품이다. 사업장에선 모르겠고 가정집에선 대부분 모카포트로 커피를 뽑았다. 숙소마다 주방에 이 모카포트가 있었다. 나 역시 집에서 모카포트로 에스프레소를 내려 먹었던 터라서 쿠바 커피를 직접 내려 보고 싶었는데 지금 와서 생각하니 말이라도 해볼 것을 그랬다.

숫자놀이

"언니, 그러니 살 1킬로그램을 빼려면 얼마나 힘이 들겠어요."

숫자는 막연한 것을 확연하게 드러낸다. '걔네 부자래'보다는 10억짜리 아파트에 산다는 것이 더 분명하고 아무리 공부 잘 한다는 말보다 전교 1등이라는 말이 더 호소력 있다. 숫자 좋아하는 우리는 영혼의 무게 21그램, 사랑의 유효기간 3년이라는 것까지 유추한다. 그저 놀라울 따름이다.

숫자가 막연한 것을 분명하게 드러내기는 하지만 숫자보다 더 확실한 것도 있다. 아주 한참 전에 고기 1킬로그램을 사면서 후배가 했던 말이다. 그날 우리는 어딘가로 가기 위해 장을 봤었던 거 같다. 1킬로그램의 삼겹살을 보며 그 즈음 부쩍 살이 찐 후배는 한숨을 내쉬었다. 1킬로그램의 양을 왜 모르겠나. 그러나 생각 속의 1킬로그램과 눈앞의 고깃덩이 1킬로그램은 달랐다. 뭐랄까. 심증과 물증의 차이처럼 눈앞의 고깃덩이는 명명백백했다.

부산을 떠난 이후로 넉 달만에 5킬로그램 가깝게 살이 쪘다. 굳이 고깃덩어리로 환산할 필요도 없었다. 차에 앉아서 안전벨트를 맬 때마다 5킬로그램을 명명백백하게 실감하는 중이었다. 부종이 겹친 탓인지 다리가 몹시 저렸다. 이 상태로 종일 달려야 한다.

까마구웨이에서 아바나까지는 비날레스에서 산타클라라로 달렸던 것처럼 긴 여정이다. 아마 지루하고도 힘든 일정일 것이다. 여행의 마지막 장거리 이동인 셈이다. 과일과 빵을 넉넉하게 샀다. 생수도 확인했다. 차의 유리창을 가릴 수건과 종이까지 챙기다 보니 비장해지기까지 한다.

백양목이 다시 보였다. 익숙한 풍경이다 싶은 순간 멀리 도로 가운데 사람들이 드문드문 서 있다. 엿이다. 차를 세웠다. 역시나 그들이었다. 이번엔 파는 품목 바뀌었다. 전에 마늘을 팔던 청년이 엿을 팔고 지난 번 우리가 엿을 샀단 청년이 마늘을 들고 서 있었다. 엿을 달라고 하니 의기양양하게 "2세우세"라고 구호를 하듯 외친다. 나도 구호를 외치 듯 "그라시아스" 【쿠바】

LLENADUE
PIEDRA-20

가끔은 멈추자

인디언들은 말을 타고 달리다가 가끔 말에서 내린데.
그리고는 달려왔던 쪽을 바라본다는 거야.
그건 자신과 말을 쉬게 하려고 하는 것이 아니라
혹여 자신의 영혼이 따라오지 못했을까봐
영혼을 기다려주는 것이라고 해.
한참 그러고 있다가 영혼이 곁에 온 것 같으면
다시 말을 타고 달리기 시작한다지.

이건 좀 다른 말이지만
예전에 초상이 나서 시골에 갔었어.
어느 사람이 지붕 위로 올라가더라고.
그리고는 죽은 사람의 윗옷을 크게 흔들면서
죽은 사람의 주소와 이름을 큰소리로 외치는 거야.
그걸 초혼이라고 하는 거래.
죽은 사람의 혼이 혹시 길을 잃어서 못 돌아오고 있는 걸까봐
큰소리로 부르는 거래.

여행은 그런 거 같아.
잠시 걸음을 멈추고 영혼을 기다려 주는 거.
길을 잃었을지도 모를 영혼을 큰 소리로 불러주는 거.
그래서 영혼이 내 곁에 잘 따라오도록
잠시 숨을 고르는 것이라고 생각해.
곁에 있는 영혼을 확인하는 거.
내게 여행은 그런 거야.

기록, 기억 그리고 추억

아바나
바라데로
바냘레스
피나르 델 리오
후벤투드
시엔푸에고스
산타클라라
트리니다드
시에고 데 아빌라
까마구웨이
올긴
바야모
관타나모
시에라 마에스트라 산맥
산티아고 데 쿠바

다시 아바나

문을 열어 우리를 본 할아버진 깜짝 놀란다. 연락도 하지 않고 예정보다 일찍 도착했던 것이다. 방이 있느냐 했더니 예의 무뚝뚝한 표정으로 안으로 들어간다. 거실로 들어서니 마치 집에 온 듯 마음이 편안했다. 주방에서 다림질을 하던 이루마도 맞아준다. 이루마의 어깨 너머로 고개를 빼고 보는 할머니와 눈빛이 마주쳤다. 착시였을까. 할머니가 고개를 까딱하는 것 같았다.

소통이란 언어의 몫만은 아니다. 단 한마디 말도 없이 소통할 수 있다는 걸 쿠바에서 실감했다. 특히 주방에서 이루마와 할머니와 무언으로 나눴던 소통은 조금도 틀리지 않았다. 냄비를 달라, 국자를 달라, 버너의 불을 켜 달라, 이거 먹어볼래? 맛이 어때? 아들과 술을 마신 후로는 그 집 식구들과 한층 친해졌다.

할아버지가 먼저 눈을 맞추었고 석고상처럼 미동도 않던 딸이 설핏 미소까지 지었다. 물론, 아들과는 안부를 나눌 정도였다. 마치 그들이 친인척이라도 된 듯한 기분이었다. 이는 그 동안 우리가 받았던 친절과는 다른 것이었다.

밤새 음악과 자동차 소리와 떠드는 소리로 잠을 잘 수 없었다. 숙소 바로 옆에 클럽이 있었다. 클럽은 거의 아침까지 영업을 하는 것 같았다.

"정말 너희들은 춤추는 걸 좋아하니?"

"…같이 가볼래?"

페드로가 같이 가보자던 곳도 옆에 있는 클럽이었다. 그는 매일 가는 것 같았고 우리가 늦은 아침을 먹고 나갈 때까지 거실 바닥에서 자는 일이 많았다. 그의 대답이 좋아한다는 것인지 아니라는 것인지는

다시 묻지 않아 모르겠다. 또 가자고 할까봐서.

춤을 좋아하지 않는다. 클럽도 좋아하지 않는다. 구경이라도 가볼걸 그랬나, 후회도 없다.

이르게 일어나 문을 열고 나오다가 기겁을 했다. 거구의 그 집 딸이 의자에 앉아 있었다. 역광으로 드는 빛을 받은 탓인지 커다랗고 시커먼 덩어리 같아서 무슨 짐승이 앉아 있는 것처럼 보였다. 심장이 통증이 일 정도로 심하게 뛰었다.

까사는 대부분 자신들이 쓰는 방을 하나 내주는 것이라 생각하면 틀리지 않는다. 당연히 주방과 거실을 같이 쓸 수밖에 없다. 딱히 거실에서 우리가 할 일은 없었으나 현관을 드나들 때면 거실을 가로지를 수밖에 없어 주인 식구들과 마주치는 일이 잦다. 아바나의 할아버지 집의 구조는 문을 열고 들어가면 바로 거실이었는데 텔레비전이 우리 방문 쪽으로 놓여 있었다.

거실에 커다란 소파가 세트로 놓여 있고 텔레비전 바로 앞에는 커다란 흔들의자가 놓여 있었다. 그 의자엔 주로 두 사람이 번갈아가며 앉는다. 할아버지와 150킬로그램은 족히 나갈 간호사인 딸이었다. 우리가 머무는 동안 다른 사람이 앉아 있는 것은 보지 못했다. 아무튼 웃통을 벗은 할아버지가 앉아 있는 것도 거구의 표정 없는 딸이 앉아 있는 것도 편한 풍경은 아니었다.

지난번에도 화장실 문을 열다가 컴컴한 거실에서 텔레비전 화면의 빛을 받아 푸르딩딩 하게 보이는 거대한 그 집 딸을 보고 비명을 질렀던 일이 있었는데 또 이런 일이 생겨버렸다. 그녀에게 미안한 마음에 문을 닫지도 못하고 있는데 정작 그녀는 나의 비명에도 불구하고 조금의 흔들림도 없이 텔레비전 삼매경 중이었다. 대단한 집중력이다. 그녀는 한국에서도 오래 전에 개봉했던 장이모우 감독의 '책상서랍 속의 동화'를 보고 있었다. 몇 번을 보는지 볼 때마다 그 영화였다. 할아버진 늘 만화영화를 본다. 만화영화를 무표정하게 볼 수 있다는 것도 할아버질 보면서 알았다.

조금쯤 아파도 괜찮아

소설 보물섬의 모티브로 알려질 만큼 '후벤투드'는 17, 18세기에 해적들의 은신처였다고 한다. 후벤투드엔 호세 마르티와 피델 카스트로가 수감되었던 모델로 요새가 있기도 했지만 그보다는 해양 스포츠를 즐기기에 그만이라고 들었던 터다. 딱히 즐기고 싶은 해양 스포츠는 없었으나 이쯤에서 스노클링이라도 하며 지낼 참이었다. 섬으로 건너와 또 섬에 들어가 유배지에 갇힌 듯 지내보는 것도 해볼 만하다는 생각이었다.

'후벤투드'를 가려니 렌트한 차가 짐이 되었다. 비행기로 갈 경우 차를 안전하게 주차해둘 곳이 없었고 배로 가자니 선착장까지 가는 길이 도시 하나를 경유하는 것만큼 멀었다. 여행 초반이라면 문제가 없을 거리지만 이미 종반이라 일행은 모두 지친 상태였다. 운전을 하던 J는 왼쪽 어깨부터 시작된 팔의 통증으로 몹시 고생하는 중이었는데, 바로 치료를 받아야 할 만큼 심각했다. Y는 벌써 사흘째 가벼운 복통으로 식사를 거의 하지 못했고 D와 나는 설사를 계속 하고 있었다. 비행기로 가기로 결정하고 그럴 경우 차는 후벤투드에 머물 동안 숙소 할아버지께 부탁을 드리기로 하고 여행사로 갔다.

항공권은 매진이었다. 7월 10일에나 자리가 있다는 것이다. 아바나에 도착했을 때 후벤투드를 먼저 갈까 고민했었다. 그때 결정을 하고 알아봤더라면 좋았을 것을, 때늦은 후회와 아쉬움으로 짜증만 일었다.

퇴근시간이 다 된 그들이 우리가 나가길 기다렸지만 미련이 남아 다른 방법이 없겠느냐 계속 물었다. 그들은 무표정한 얼굴로 대답을 대신했다.

몇 군데 여행사를 더 돌았지만 그렇게 후벤투드는 날아가 버렸다. 후벤투드에 가려던 일정을 아바나에서 보내기로 했다. 아바나는 머물기에 좋았다. 할아버지 집에 놀러온 것처럼 그렇게 천천히 지내기로 했다.

설사도 괴로웠지만 구토 증세는 견디기 힘들었다. 천장에서 천천히 돌아가는 팬을 보며 그 동안 먹었던 것들을 생각했다. 햄과 치즈를 넣고 빵을 살짝 구워내는 쿠바 식 샌드위치는 먹지 않은지 며칠 됐다. 한동안 소시지를 넣은 빵에 입맛이 들었는데 그도 먹지 않았다. 아무래도 말레콘에서 먹었던 닭고기가 의심스러웠다.

나시오날 호텔 앞 쪽의 말레콘에는 미국과 함께 스페인을 상대로 싸우다 죽은 이들을 기리는 메인 호 진혼탑이 서 있다. 그 진혼탑 맞은편엔 야외 식당이 즐비하게 있다. 저녁만 되면 많은 사람들로 북적이는 곳이다. 그곳의 구운 닭고기가 입에 맞아서 아바나에 머무는 동안 거기서 저녁을 먹었던 터였다. 닭고기는 맛있었고 말레콘을 보며 보내는 저녁시간은 닭고기보다 더 좋았다. 그 닭고기가 아니라면 하루에도 몇 개씩 먹었던 아이스크림인데 만약 아이스크림 때문에 이런 일이 생겼다면 그건 어쩔 수 없는 일이다. 아이스크림을 포기할 수는 없었다. 싸고 맛있었고 달콤했고 순간이지만 시원했다. 조금만 더 아프고 말자.

혁명 50주년

체 게바라, 시가, 사탕수수, 혁명, 커피, 올드 카, 모히또는 쿠바를 상징한다. 그에 빠지지 않는 것이 말레콘이다. 플로리다 해협을 바라보고 있는 말레콘의 멋은 8킬로미터에 달하는 긴 방파제의 길이 때문일 것이다. 성처럼 견고하나 그 높이가 편안해 마치 긴 의자처럼 느껴진다. 방파제에서 뛰어내리며 수영을 하기도 하고 낚시를 하는 사람도 많다. 눕거나 엎드려 책을 읽는 이들이 있는가 하면 울거나 노래를 하는 사람도 있다. 해가 기울 때는 빈자리가 없을 정도로 아바나 사람들은 말레콘에 모여 늦도록 시간을 보낸다.

말레콘을 끝까지 걸어보려 했었지만 무위로 끝났다. 북회귀선이 지나는 아바나의 6월은 저녁 9시가 되도 해가 지지 않았다. 해가 지지 않은 말레콘을 걷는다는 건 마라톤에 견줄 수 있다. 한 시간 정도 천천히 걸었을 뿐인데 위아래 옷이 물에 담근 듯 땀으로 젖었고 긴팔을 입었음에도 살갗이 따가웠다.

우리가 도착한 해가 쿠바혁명 50주년이라고 했다. 7월 말에 있을 대대적인 행사를 앞두고 크고 작은 행사가 연일 열렸다. 나시오날 호텔에서 미라마르 방향으로 가다 보면 말레콘을 마주한 광장이 있다. 행사가 있을 때면 검정색 바탕에 하얀 별이 그려진 깃발이 게양된다. 도착했을 때는 없던 기가 올랐다. 미국에 억류되어 있는 포로를 석방하라는 집회가 있다고 했다.

반쿠바 세력의 테러를 방지하기 위해 쿠바 정부는 쿠바인 다섯 명을 미국으로 보낸다. 이들의 임무는 테러 공격을 방지하기 위한 정보수집이었다. 이어 쿠바 정부는 미국 정부에 협조를 요청하며 파견된 쿠바인 다섯 명의 자료를 미 연방수사국에 보낸다. 안토니오 게레로Antonio Guerrero, 제라르도 에르난데스Gerardo Hernandez, 라몬 라바니뇨Ramone Labanino, 르네 곤잘레스Rene Gonzalez, 페르난도 곤잘레스Fernando Gonzalez.

그러나 미국은 이 다섯 명의 쿠바인을 체포한다. 죄목은 스파이. 쿠바 정부는 이들을 반쿠바 세력의 테러를 막기 위한 애국자로 부르나 미국은 스파이로 이들을 본다. 누가 옳은지는 모른다. 미국에선 스파이인 이들이 쿠바에선 영웅으로 불리며 쿠바 온 국토에 이들의 석방을 요구하는 기원을 담아 그들의 사진을 곳곳에 두고 있다. 고속도로 주변에, 마을 입구에, 산등성이에, 고원에, 곳곳에서 이들을 만날 수 있었다. 10년이 지났으나 그들을 잊지 않고 석방을 기원하며 관심을 놓지 않는 걸 보면서 왜 내가 위안을 받는지 모르겠다.

말레콘 풍경

말레콘 맞은편 쪽으로 공사가 한창이다. 증축을 하기도 했고 타일을 붙이거나 화려한 색으로 페인트 칠을 하는 중이었다. 아바나의 맛이라면 낡고 부서진, 오래된 건물들이라 하겠다. 단순히 낡고 오래된 것이라서가 아니라 폐허가 된 유적지 같은 곳이지만 사람이 살고 있어서 따뜻한 느낌이 난다. 그래서 많은 이야기가 읽히기도 하고 오래된 건물과 바래버린 빛이 품어내는 아우라는 기품이 있었다. 그 건물들이 있어서 말레콘의 느낌이 더 좋지 않나 싶다.

관광 수입에 많이 의존하고 그 수입이 점차 늘어나는 까닭인지 도시를 재정비하는 것 같았다. 말레콘만 해도 새로 시멘트를 바르며 매끈하게 고치는 중이었다. 왠지 아쉽고 서운했던 것은 중요한 걸 잃는다는 느낌 때문이었다. 이 얼마나 이기적인 생각인지.

한때 해운대 달맞이고개 재개발 논란이 있었다. 달맞이고개는 부산 사람들이 즐겨 찾는 곳으로 카페나 식당이 즐비한 곳이다. 그곳에서 내려다보는 풍경은 소박하여 드러나지 않는 멋이 좋았다. 모든 재개발이 그렇듯 재개발이란 본래의 모습을 포기해야 하는 것이다. 환경을

보호하자는 사람들과 재개발을 해야 한다는 땅 주인들의 대립이 팽팽했었다.

말하자면 나는 재개발이 되지 않았으면 하는 쪽이다. 들쑤셔서 좋은 걸 보지 못했기도 했지만 서정적인 그 풍경이 좋았기 때문이다. 그러나 이건 내가 땅 주인이 아니기 때문에 할 수 있는 말이다. 그 땅이 내 것이라면 달라질 것이다. 평생 값 없는 땅에서 판잣집을 짓고 살다가 재개발이 되어 허리 좀 펴고 싶은 땅 주인의 마음이 된다면 환경보호란 말이 그렇게 쉽게 나오진 않을 것이다. 재개발을 반대했던 사람들 대부분이 그 땅과는 아무 상관도 없는 사람들이었다. 가끔 전망 좋은 곳에서 식사를 하고 차를 마시러 승용차를 끌고 온 그들 대부분도 재개발한 아파트를 분양받아 자산을 키우며 편리한 생활을 하는 사람들이기에 나는 은근히 재개발을 해버렸으면 하는 용심이 났었다.

나그네로 지구 반대편으로 날아와 잠시 즐기고 가면 그뿐인 내가 공사하는 모양에 아쉬워한다는 건 냉장고 하나 마련하지 못하고 사는 그들에게 참 염치 없는 일이다. 앞은 멀쩡해도 뒤는 완전히 무너진 건물의 귀퉁이에 스프링이 삐걱거리는 매트리스를 놓고 사는 그들을 보면 누구라도 아름다운 풍경만을 운운하진 못할 것이다.

이렇듯 쿠바엔 없는 것이 참으로 많았다. 그 중에서 일회용은 찾아보려 해도 찾아 볼 수가 없었다. 그 흔한 비닐봉투가 없다. 종이컵도 없다. 포장용기도 없었다. 봉투 대신에 그들은 손에 그냥 들거나 야자수로 짠 장바구니를 들었다. 종이컵 대신에 다 닳아서 반질거리는 플라스틱 컵을 사용했고 어쩌다 식당에서도 포장용기는 따로 돈을 받았는데 그 값이 음식값만큼이나 되었다. 그러니 쿠바에서 그냥 음식을 손으로 들고 다니는 게 너무나도 자연스러운 풍경이다. 빵이나 도넛이 그랬고 바나나를 잔뜩 사도 윗옷의 앞섶으로 받아야 했다.

그럴 수만 있다면 이러한 것들을 가져 오고 싶었다. 병원과 학교를 보면서 카스트로를 데려 오고 싶었던 것처럼. 없는 것이 많아 불편했지만 그래서 또 희망인 땅이었다.

말레콘의 폭우

예전엔 친한 이들의 슬픔이 내 것과 같아서 한동안 그 슬픔을 앓았던 것 같다. 언제부턴지 모르겠지만 그런 일들이 차츰 줄어드는 것을 알았다. 복잡한 이야긴 아예 듣고 싶지 않았고 들었다고 해도 방법이 없다면 잊으려 애를 썼던 것 같다. 어차피 결국은 혼자서 견뎌내야 하는 것들이다. 어른이 된다는 건 이렇게 누군가에게 의지하는 일도 또 더이상 어리광을 부릴 수도 없게 된다는 것이다. 그러니 체념하고 받아들이거나 아니면 많은 것들에 무뎌질 수밖에 없는 것이다. 자주 쓰지 않거나 불필요한 것은 퇴화되는 것처럼 지금 당장 살아가는 데 필요한 것이 아니면 잊게 되고 기억하려고 해도 어슴푸레하게 기억나지 않게 되곤 한다.

쿠바의 많은 동상들을 보면서 이미 내게서 퇴화된 것이나 퇴화하고 있는 것들을 떠올렸다.

1868년 자신의 노예를 해방시키며 독립을 목표로 봉기했던 '카를로스 마뉴엘 드 세스페데스', 인종 평등을 주장하며 반란을 일으켰던 '안토니오 마세오', 반 식민투쟁을 격화시켰던 '호세 마르티'의 동상은 공원이나 광장, 혹은 동네의 작은 화단 등 곳곳에서 어렵지 않게 발견할 수 있다. 나에겐 모두 비슷한 조각상일 뿐이나 이들에겐 자유의 상징과 다름없을 것이다.

쿠바를 생각하면 체 게바라를 먼저 떠올리게 되지만 정작 쿠바에 도착했을 때에 가장 많이 만났던 것은 호세 마르티였다. 그는 국민적 영웅으로 가장 존경받는 인물이기도 했다. 쿠바에서 그는 독립의 아버지란 칭호로 불리는데, 스페인에서 어린 시절을 보낸 후 고국 쿠바로 돌아왔으나 흑인 노예의 참상을 보고 쿠바 독립 활동을 하게 된다. 반스페인 정치활동을 한다는 이유로 투옥과 추방을 반복하게 되지만 그는 그 어디에 있든 조국을 위해 활동한다. 쫓겨나 뉴욕에 있을 당시에도 쿠바인을 위한 교육기관을 설립해 교육활동을 한다.

계급과 인종에 관계없이 쿠바인이 평등하다는 것과 외세로부터 자유를 확보하며 민주적인 절차를 확립하려던 그는 1895년 5월 19일 독립전쟁 중 사망했다. 시인이기도 했던 그는 쿠바인들이 제일 좋아하는 노래, '관타나메라'의 노랫말을 쓴 당사자이기도 하다.

많은 영웅들의 부조가 말을 타고 금세라도 뛰어나갈 듯한 형상이었으나 쿠바 전역에서 만났던 호세 마르티의 부조는 대부분 그저 증명사진처럼 온화한 모습이다. 온화하나 단호하고 왜소해 보이나 강직한 표정이다. 바라보노라면 깊은 사유가 읽혀 그 앞에 서면 더불어 숨이 고요해지는 것이다.

베다도 지역의 혁명광장엔 조국의 독립을 보지 못한 호세 마르티와 쿠바의 혁명을 이룬 체 게바라가 마주하고 있다. 동상이니 사진이니 질리게 봤지만 철 구조물 앞에 서니 자꾸 웃음이 나온다. 모르겠다. 그냥 좋았다. 체 게바라 때문에 쿠바를 알게 됐지만 그렇다고 체 게바라 때문에 쿠바에 온건 아니었다. 그래도 체를 볼 때마다 반가웠던 건 사실이다. 모처럼 기념촬영을 했다. 하나, 둘, 셋!

세계에서 가장 큰 공동묘지로 꼽히는 네크로폴리스 콜론에 들어갔다. 묘지라고 하기엔 조각공원 같은 인상이 짙었다. 세상의 모든 조각들이 다 모인 것 같았다. 200만 개의 무덤이 있다고 하니 아는 묘지가 있다고 하더라도 찾는 일도 노동이겠다. 열기에 달궈진 묘지석 때문에 더 더운 듯했다. 햇볕을 피할 도리도 없고 이러다 묘지 구경 왔다가 아예 묘까지 쓰고 갈 것 같아 걸음을 돌렸다.

숙소에 막 들어설 때였다. 갑자기 하늘이 컴컴해지더니 천둥번개가 치고 소나기가 쏟아진다. 번개는 말레콘 너머 수평선에 수직으로 내리꽂히고 천둥소리는 주변의 소음을 일시에 먹어버린다. 곁에서 하는 말도 잘 안 들릴 정도로 폭우 소리로 가득했다.

페드로가 옆에서 여름엔 자주 그런다며 금세 그칠 거라고 한다. 안되지, 금세 그치면. 준비해 간 판초를 입고 밖으로 나갔다. 남들은 다 봤다는 말레콘 방파제를 치고 넘어오는 파도를 나는 지금까지 보지 못했던 터였다. 이런 날이면 볼 수 있을 거란 생각에 마음이 바빴다.

그러나 숙소를 나서니 이미 도로는 물이 차서 발목이 잠겼다. 조금 아래에선 길을 건널 수 없을 정도로 물이 불어나 있었다. 천둥은 더 잦아지고 번개는 바로 머리 위에 떨어지는 것처럼 가까웠다. 물이 불었지만 말레콘 쪽으로 길을 잡으니 길 건너 식당 천막에서 사람들이 손을 흔들며 가지 못하게 했다. 카메라를 흔들어 보이며 말레콘 쪽을 가리키니 의자에 앉았던 사람들이 일어나면서 가지 말라는 신호로 손을 크게 흔든다. 잠시 망설였다. 물은 발목을 넘어서고 있었다. 그때 연속으로 번개가 치는데 플로리다 해협을 절반으로 나눌 기세였다.

숙소로 돌아와 차로 거리에 나가보기로 했다. 말레콘 쪽은 지대가 낮아 한꺼번에 몰린 물이 나가지 못하고 곳곳에 웅덩이를 만들었다. 우리 앞의 차가 웅덩이에 빠져 물에 잠겼다. 신기한 건 바다가 너무나도 잔잔하더라는 것이다. 마치 무슨 일이 곧 일어날 듯 숨을 죽이고 있는 것처럼 잔잔했다. 문득, 두려운 생각마저 들었다. 페드로의 말처럼 폭우는 이내 그쳤고 비를 피하던 사람들이 하나 둘 거리로 쏟아져 나왔다. 엘 모로 성 위로 하늘이 개기 시작했다.

희미한 옛사랑의 그림자

예전에 같이 장을 보던 지인이 지갑을 잃어버렸었다. 지갑을 잃어버리면 일이 참 많다. 카드도 정지시켜야 하고, 신고도 해야 하고, 신분증 갱신도 해야 하고… 귀찮은 일이 한두 가지가 아니다. 잃어버린 것이 아까운 건 차치하고서라도.

그래도 그 귀찮은 게 아무 것도 아닐 만큼 지갑이 아까울 때도 있다. 돈이 많이 들었다거나 지갑이 비싼 것이든가 아니면 지갑에 특별한 의미가 있다든가 하는 경우다. 집에서 유리잔을 깰 때도 그렇다. 대부분 유리잔을 깨면 유리잔이 아까운 게 아니라 깨진 유리 청소하는 일이 짜증이 난다. 그러나 모처럼 맘 먹고 산 비싼 와인 잔의 경우는 청소를 하면서도 잔이 아까워 애가 끓는다.

모든 이별이 다 아쉬운 건 아니다. 헤어지는 순간 그런 일이 있었지 하고, 과거가 되는 것이 있는가 하면 많은 시간이 흘러도 모퉁이에서, 길 위에서 만날 것 같아 자꾸 두리번거리게 되는 이별도 있는 것이다.

"치자 꽃 두 송이를 그대에게 주었네.
사랑한다 말하고 싶어서. 내 사랑
그 꽃은 당신과 나의 심장이 될 거요.
치자 꽃 두 송이를 그대에게 주었네.
내 키스의 온기를 담아서.

누구보다도 뜨거운 나의 키스
꽃들은 당신 곁에서 나 대신 속삭일 거요.
나 대신 사랑한다고 말해 줄 거요.”

‘부에나비스타 쇼셜클럽’ 멤버 중에서 이브라힘 페레를 특히 좋아한
다. 감미로운 그의 목소리도 좋지만 즉흥적으로 부르던 그의 노랫말은
대상 없이도 사랑에 빠지게 한다. “치자 꽃 두 송이를 그대에게 주었네.
사랑한다 말하고 싶어서.” 이토록 낭만적인 고백이 또 있을까.

지금의 사람에게서 옛사람의 흔적을 찾는 일이란 어리석고 가망 없
는 일일 것이다. 호텔마다 부에나비스타 쇼셜클럽의 공연이라고 붙어
있었으나 어느 밴드로도 그들을 대신할 수는 없다. 무엇보다 사람이
다르니 연주도 다르고 또 그 느낌도 다른 것일테다. 우리가 공연을 보
고자 함은 연주의 감흥보다는 그들에게서 이전의 부에나비스타 쇼셜
클럽을 추억하고자 함이 더 크다. 그러니 아무리 연주가 훌륭하고 공
연이 멋져도 실망할 수밖에 없다. 거긴 내가 바라는 것이 없기 때문에.
많은 돈을 주고 들어간 나시오날 호텔의 공연은 크게 기대하지 않았
음에도 실망스러웠다. 박수나 환호를 강요하는 듯한 사회자의 멘트가
부담스러웠고 열심히 하는 공연에도 별 반응이 없는 객석 또한 마음
이 편치 않았다.
모든 공연이 그렇듯 춤을 추고 노래를 하고 반주를 하는 것으로 끝
이 났다. 더러는 늦도록 남아서 술을 더 마시며 그들과 비공식적인 공
연을 이어간다고 했었는데 우린 공연이 끝나고 바로 나왔다.
이제 부에나비스타 쇼셜 클럽은 그냥 마음에 묻어두자. 그저 쿠바의
공연을 즐기러 가자. 그러면 ‘부에나비스타 쇼셜 클럽’과 쿠바의 공연

모두를 만끽할 수 있지 않겠나.

부에나비스타 쇼셜 클럽만큼이나 헤밍웨이 역시 쿠바 여행의 목적이 되어 준다. 쿠바에서의 헤밍웨이는 체 게바라와 견주어도 전혀 밀리지 않는다. 삶과 죽음을 두고 우위를 가린다는 것 자체가 말이 되지 않는 일이지만 헤밍웨이가 즐겨 찾았다는 플로리디타 카페, 그가 머물렀다는 암보스 문도스 호텔의 인기를 눈앞에서 보니 나도 모르게 비교하게 된다.

여배우와의 파티, 술과 낚시로 다분히 마초적인 삶을 살다가 스스로의 격정을 이기지 못하고 벼랑으로 자신을 몰아간 헤밍웨이와 체 게바라는 죽음의 방식이 너무나도 다르다. 삶의 방식이 달랐던 것처럼이나.

어니스트 헤밍웨이는 쿠바에 도착한 1932년부터 1960년, 쿠바를 떠날 때까지 아바나에 머물렀다. 쿠바에서 그런 헤밍웨이의 인기는 단연 최고다. 미국 키웨스트에 있는 그의 집보다 방문객이 더 많은 듯했다. 특히 《누구를 위해 종은 울리나》를 집필했던 올드 아바나의 암보스 문도스 호텔 511호는 그가 즐겨 갔던 카페와 함께 최고의 관광 상품이 되어 있다. 그는 511호에서 7년을 머물며 작품을 쓰다가 해가 뉘엿뉘엿질 때쯤엔 근처에 있는 프로리디타에서 술을 마시며 주민들과 어울렸다고 한다.

그의 별장 겸 집필실인 핑카 비히아, 그에게 노벨상을 안겨주었던 《노인과 바다》의 배경인 코히마르는 그가 죽은 지 50년이 되었지만 여전히 쿠바에게 경제적 지원을 아끼지 않고 있다.

헤밍웨이가 어째서 쿠바에서 추방되었는지 속속들이 알 수는 없지만 이 부분에선 쿠바가 헤밍웨이에게 빚을 진 것일 수도 있겠다. 모른다. 헤밍웨이에게 부와 명성을 준 작품을 쓰게 해주었다고 말을 할런지도. 아무래도 좋다. 덕분에 우린 좋은 작품을 얻었고 또 좋은 장소를 알아 살아보지 않았던 시간을 추억할 수 있으니 더 바랄 것은 없다.

어니스트 헤밍웨이가 모히또를 즐겨 마신 카페로 향했다. 카페 '보데기타 델 메디오'는 헤밍웨이가 머물던 암보스 문도스 호텔 가까운 올드 아바나의 엠페드라도 거리에 있었다.

카페는 북적거렸다. 모히또도 음악도 그의 친필 서명도 있었으나 소설에 영감을 주었던 쿠바 시민들은 없었다. 그저 그를 추억하게 하는 사진과 우리와 같은 여행객들만 있을 뿐.

보데기타 델 메디오를 그냥 나와서 그가 바라보았을 법한 바닷가를 걸었다. 바닷가엔 아무도 없었다. 음악도 노래도 춤도. 그저 바위를 치고 넘어오는 파도와 붉은 해초를 구경하는 우리뿐이었다. 방파제에 앉아 쉼 없는 파도를 보노라니 소설의 독백이 떠오른다.

"인간은 패배하려고 태어난 것이 아니다. 파괴되어 죽을 수는 있어도 패배할 수는 없다."

몇 장의 엽서 중에서 시가를 물고 있는 체 게바라의 엽서를 꺼내 들었다. 쿠바에서 쓰는 마지막 엽서가 될 것 같다.

아무튼, 하면서 무책임하지 말아야지

그래도, 하면서 미련 떨지 말아야지

그래서, 하면서 추궁하지 말아야지

그렇더라도, 하면서 원망하지 말아야지

그러나, 하면서 집착하지 말아야지

망설이다가 수취인에 내 이름을 썼다.

휴양지, 바라데로

바라데로로 가는 길은 지금까지 달렸던 쿠바의 도로와는 완전히 달랐다. 잘 포장된 아스팔트에 중앙선도 선명했다. 도무지 쿠바의 도로라고 믿기지 않았다. 그동안 달렸던 쿠바의 도로엔 중앙선이 거의 없었다. 달리는 맛이 제대로 났다.

쿠바라고 하면 아바나와 바라데로를 먼저 떠올릴 정도로 바라데로는 휴양지로 각광을 받는 곳이다. 쿠바 사람들도 선호하는 곳이라 물빛 좋은 트리니다드에서도 바라데로를 갈 정도로 쿠바 사람들도 좋아하는 곳이다.

아바나에서 140킬로미터 떨어진 바라데로까지의 이 길은 비아블랑카로 불린다. 굳이 필요도 없을 이정표가 얼마나 잘 되어 있던지 그것만으로도 관광객이 바라데로를 얼마나 많이 찾는지 알 수 있었다.

해안을 따라 멀리 유전이 보였다. 시커먼 연기와 함께 불을 뿜는 것도 있어 차를 주차시키려 해도 도무지 주차할 곳이 없다. 차량 통행도 많았고 속도도 엄청 빨라서 갓길에 주차하려니 위험천만했다. 겨우 공터를 발견하고 주차를 했는데 감시원이 있어 사진을 찍지 못하게 했다.

최고의 휴양지로 꼽히는 바라데로를 보고도 시큰둥할 사람들이 얼마나 있을까. 바라데로 때문에 쿠바를 오는 사람도 있는데. 우리는 시큰둥 했다. 바라데로를 먼저 들렀다면 달랐을지도 모르겠다. 그러나 이미 트리니다드에 가서 충분히 보기도 했고 무엇보다 물에 들어가는 걸 좋아하지 않는다는 게 가장 적절한 말인 것 같다. 부산에 25년 살면서, 부산에 가던 첫해에 해운대에서 해수욕을 해보고 그게 끝이었다. 하와이에 가서도 바닷물에 들어가지 않았을 때 누군가 그랬다. 뭐하러 갔느냐, 하와이. 하와이에 바다만 있는 건 아니니까, 했다. 또 모른다. 카리브 해는 그냥 구경만 해놓고 에버랜드의 캐러비언베이에서 인

공 파도를 타는 건 아닌지. 괜찮다. 그게 인생이니.

물빛 좋고 리조트 멋진 바라데로보다 아바나 할아버지 집이 더 좋았다. 이건 네 명이 동시다발로 겪고 있는 설사 때문이기도 했다. 140킬로미터를 달려 바라데로 물빛만 보고 다시 140킬로미터를 달려 아바나로 향했다. 이제 140킬로미터는 아무 것도 아닌 거리가 되었다.

마음을 움직이게 하는 것

영화를 보고 나서 영화 관련 일을 하고 싶다거나 책을 읽고 작가를 꿈꾸는 일은 누구나 한 번쯤은 겪었을 일이다. 누가 시켜서가 아니라 스스로 마음을 들었다가 놓는 것, 감동이다. 감동은 다양한 형태로 모습을 드러내기도 하는데 국악 연주회에 갔다가 CD가 아니라 거문고까지도 사게 만드는 것이다.

일본 영화 '걸어도 걸어도'에 보면 장래 희망을 묻는 말에 꼬마는 피아노 조율사가 되고 싶다고 대답한다. 하필이면 조율살까. 꼬마는 음악 선생님을 좋아하기 때문이라고 했지만 실은 고인이 된 자신의 아버지가 피아노 조율사였기 때문이다. 계부의 아버지인 의사 앞에서 그 말을 할 수 없었기에 소년은 음악 선생님을 앞세웠던 것인지도 모르겠다. 여름밤, 소년은 혼잣말로 죽은 아버지에게 피아노 조율사가 되고 싶다고 한다. 그게 아니라면 의사가 되도 좋겠다고 하는데, 계부의 아버지인 의사 할아버지가 좋아졌기 때문이다. 좋아하는 사람의 행동을 닮아가는 것 역시 사람에 대한 감동 없이는 가능하지 않은 일이다. 우정도 사랑도 결국은 그 대상에게 감동이 일었기 때문이니까.

우연한 기회에 쿠바의 태반 크림이 좋다는 이야길 들었었다. 바르고 자면 다음 날 옆에 있던 남편이 깜짝 놀란다고 했다. 늙은 아내가 아니라 젊은 새댁이 누워 있어서. 데이트 전날 바르고 나가면 남자친구가 알아보지 못한다고 한다. 너무 어린 여학생이 나와서.

태반 크림이 많긴 하지만 대부분 동물의 태반을 원료로 쓴다. 쿠바는 사람의 태반으로 만들어 유명하다고 했다. 태반 크림이 시계를 거꾸로 돌린다고는 믿지 않았지만 기왕 나선 길이니 알아보자 싶었다. 그러다 그간 방치했던 피부를 크림으로 해서 일시에 만회한다면 그건 내 몫의 행운이라 여겨도 좋을 것이라 여겼더랬다.

아바나에 도착하는 날 그걸 파는 곳을 할아버지께 물었다. 할아버진 여기저기 전화를 해서 약국 위치를 알려줬었다. 두어 군데 갔으나 팔지 않는다고 해서 잊고 있었다.

쿠바를 떠나는 날 아침. 비냘레스에서 산 시가와 시엔푸에고스 아줌마가 주신 커피는 아바나 할아버지에게 드렸다. 선물로 가져갔던 것 중에서 이루마와 그녀의 아이들에게 필요할 만한 것들도 모두 테이블에 놓아두었다. 고마웠고 그리울 것이란 짧은 메모도 남겼다. 그리고 거실로 나서는데 할아버지가 태반 크림을 샀느냐고 물었다. 사지 못했다고 했더니 잠시 기다리라며 몇 군데 전화를 하더니 물건이 다 떨어져서 6개월 후에나 다시 생산이 된다고 전한다. 그러면서 친구들이 아바나로 여행을 오게 되면 친구들 편에 꼭 사라고 한다. 할아버진 한 달 전의 그 일을 기억하고 있었던 것이다.

고맙다고 인사하고 현관을 나서니 할아버지가 문 밖까지 따라 나서신다. 잘 계시라 손을 합장해서 허리 숙여 인사를 하다가 깜짝 놀랐다. 할아버지도 손을 합장하고 허리를 숙여 인사를 하시는 것이 아닌가. 그리고 활짝 웃으시는 것이다. 태반 크림으로 한결 젊어진 외모를 찾았다고 한들 이보다야 더 할까. 너무나도 상투적인 표현이지만 역시 중요한 것은 마음이다.

호세 마르티가 꿈꾸던 쿠바의 미래는

렌터카의 계약 마일리지는 70000킬로미터까지라고 명시되어 있었다. 계약서는 영문이 없었다. 전문이 스페인어였다. 계약서에 70000이란 숫자를 발견하긴 했으나 그리 중요하게 생각지 않았던 게 화근이었다.

처음부터 이 계약은 엉터리였다. 우리가 차를 빌릴 때의 주행 거리는 68690킬로미터였다. 그러니까 우린 약 1,300킬로미터만 달릴 수 있었던 것이다. 그 거리는 30일간 쿠바 전역을 돌아보기엔 애초부터 무리였다. 우린 총 3410킬로미터를 달렸다. 규정 거리를 더 달렸기 때문에 보증금 100세우세는 그대로 날린 것이다.

선택을 하라고 했다. 우린 30일 기준으로 할인혜택을 받았고 이미 30일치의 대여료를 지불했었다. 그러나 후벤투드 섬을 가지 않아 하루 일찍 차를 반납하게 되었다. 그 하루 때문에 이들은 차를 버려두고 가든지 아니면 영수증을 써주되 할인된 금액을 모두 돌려주든지 하라는 것이다. 둘 다 말이 안 되긴 마찬가지였다.

분명 계약을 할 때에는 차를 언제든지 반납해도 좋다고 했다. 30일 계산을 해서 돈을 지불했는데 도무지 안 되는 이유가 뭐냐고 해도 말을 회피하며 차를 버리고 가라고 권했다. 차를 버리고 간다는 것은 차를 반납했다는 영수증을 받지 않는 걸 뜻한다. 그랬다가 만약 우리가 렌트한 차가 분실되거나 파손이 된다면 그 뒷감당은 어쩌는가. 우리가 다시 쿠바에 오지 않는다면 모를까. 설사 돌아오지 않는다 해도 그럴 수는 없는 노릇이었다.

우리가 차를 반납한 영수증을 받을 경우 장기대여에 따른 할인된 금액을 모두 돌려달라고 했다. 또 차를 대여하는 첫날 그들은 150불을 추가로 할인을 해주겠으니 50불을 커미션으로 달라고 했었다. 물론 이는 영수증이 없다. 그러니 우리가 보는 손해가 이만저만이 아니었다.

손해보다는 그들의 횡포가 괘씸해서 견딜 수가 없었다. 차를 돌려주는데 할인된 금액으로 해줄 수 없다는 것은 아무리 생각해도 이해가 되지 않고 억울했다. 이미 한 달 비용을 다 준 마당에.

돈을 물어주더라도 영수증을 받는 것을 선택했다. 돈을 잃는 편이 더 마음 편할 것 같았다. 우리의 선택에 그는 크게 놀란 눈치였다. 보통 차를 버려두는 것을 선택했던 모양이다. 영수증을 달라며 순순히 물러나진 않았다.

"여러 나라를 다녔고 렌트도 많이 해봤지만 너희처럼 이러는 나라는 처음이다, 쿠바를 좋아했고 쿠바의 인상이 좋았으나 너희 때문에 이제 쿠바를 달리 생각하게 되었다, 그냥 있진 않겠다, 이 일을 인터넷을 통해 모든 여행자들에게 알리겠다"고 했다.

실제 돌아와서 렌트할 때 주의하라고도 할 참이었다. 그는 놀라며 말을 더듬기 시작했다. 그러더니 돈을 받지 않겠다고 한다. 그냥 우리가 보증금으로 냈던 돈 100세우세만 돌려주지 않았다. 그 돈이야 어쨌건 우리가 계약위반을 한 것이니 어쩔 수 없는 것이었다. 뜻밖의 태도 변화에 돈은 굳었지만 불쾌한 마음은 한동안 풀리지 않았다.

쿠바에 이런 일들이 차츰 많아지고 있다고 한다. 정부에선 알아도 그냥 눈을 감아준다고 하는데 이유는 너무 억누를 경우 폭동이 일어날까봐 그런다고 한다. 그래서 숨통을 틔워주듯 눈감아 주다보니 이런 일들이 생기는 것인데, 그것이 공항에서 버젓이 자행되다니 폭동을 우려한다 해도 이건 아니지 않는가. 배급품에서 얼마를 빼돌리거나 국영 식당에서 가격을 속이는 정도는 애교였던 것이다.

쿠바 공항을 이용할 때 주요 물품은 기내로 가지고 가라는 주의사항을 익히 들었던 터였다. 특히 노트북이나 카메라, 외장하드, MP3 등

전자제품은 일체 화물에 싣지 말라고 했다. 가방이 엑스레이를 거칠 때 전기제품이 들어 있는 가방은 체크를 해서 직원끼리 연락을 취해 빼낸다고 했다. 그래서 기내로 들고 들어가는 우리 가방이 터질듯 커도 조금이라도 귀하다 싶은 것은 모두 들고 움직였었다.

그런데 쿠바 공항에선 가방은 비닐로 완전 포장을 하고 있었다. 승객의 짐에 손을 대는 걸 정부 측에서 완전 봉쇄를 하게 된 것이다. 이런 변화가 있지 않고선 관광으로 유지되긴 힘들 것이다.

"오늘의 꿈은 내일의 현실이 될 수 있다"고 했던 쿠바 독립의 아버지, 호세 마르티. 그가 꿈꾸던 쿠바에 지금의 쿠바는 얼마나 가깝게 있는 것일까.

그럼에도 불구하고 찬란한

보스턴의 겨울은 혹독하다. 5월까지 긴팔을 두 개나 입고도 떨었었다. 몸도 마음도 전혀 더위에 대한 준비가 되어 있지 않은 상태로 플로리다 해협을 건넜었다. 높은 습도는 척척 몸에 감겨오고 돋보기로 햇볕을 끌어 모은 듯한 태양빛은 머리카락이 탈색이 될 정도였다. 짧지 않은 일정으로 여행을 하다보면 한 번쯤 아프기 마련이지만 이번 여행이 유독 힘들었던 건 일행이 동시에 아파 두려움이 컸기 때문이다. 3, 4년 치의 여름을 한꺼번에 살고 온 듯했다.

앞으로 5년 동안은 여행을 하지 않을 거라 다짐했었다. 또 앞으로 10년 동안은 더운 나라에 가지 않겠다고 맹세했었다.

그럼에도 쿠바는 찬란한 아름다움이었다.

아바나 호세 마르티 공항에서 짐을 다 부치고 밖을 보며 에스프레소를 마시다가 문득,

"그런데 보스턴에서 부에노스아이레스는 얼마나 걸리지?" 【쿠바】

할매 할매, 왜 사과 깎을 때 칼로 탁 치고 깎아?
기절시킬라고 그라지.
니도 생각해봐라.
껍데길 이리 홀랑 깎아삐는데 올매나 아프겠노.

할매 할매, 두부가 왜 이렇게 발발 떨어?
니가 지금 잡아 묵을라고 한께로 그라지.
니 같으믄 안 무섭겠나.

할매 할매, 지렁이가 꿈틀하는데 왜 내 얼굴이 빨개져?
바라바라, 지렁이 야도 빨가네.
니들 서로 좋아하는 거 아이야?

할머니 살아생전 여쭤볼 걸 그랬어.
나는 왜 물이 무섭냐고.

PARE

 존 레논 공원에서

나에게도 친구가 있는데
우리는 만나면 우정에 관해서 말하지 않아.
그것은 마치 사랑에 빠진 연인이 사랑에 대해 논하지 않는 것과 같다
고나 할까.
이미 사랑에 빠진 연인은 사랑을 말하지 않잖아.
그저 서로를 쓰다듬거나 바라보고 나보다 더 많이 상대를 생각할 뿐.
도무지 '사랑'이라는 말조차 끼어들 틈이 없는 거지.
우리도 마찬가지였어.
다만 자장면을 시켜먹거나 그냥 엎드려 창밖을 내다보거나 했어.
좋았던 책을 나눠읽고 영화를 함께 보거나 여행지를 이야기하며 시
간을 보내곤 했지.

언젠가 일본에 간 그녀를 기다리는 중이었어.
그녀가 빨리 왔으면 했어.
여행을 떠난 지 겨우 하루 지났을 뿐인데 말야.
할 이야기가 많아서라고 생각했는데 생각해보니 딱히 할 이야기가 없
더군.
아무래도 일본여행을 다녀오면 김밥을 만들어먹기로 했었는데
김밥에 들어갈 단무지 이야기가 하고 싶었던 것 같아.
아니면 오늘 햇빛이 너무 싱그러워, 하는 유지한 표현으로
날씨를 말하고 싶어서 그런 것 같기도 하고
빌려준 책을 다 읽었다는 말이 하고 싶었던 것도 같아.
우린 서로의 관계를 두고 우정이라 말한 적은 없으나
설명을 꼭 필요로 한다면 우정이란 말보다 더 적절한 표현은 없을 것
같아.

지금은 아바나의 베다도에 있는 존 레논 공원이야.
여행이 길어지면서
햇빛이 강할 때마다 그림자를 바라보는 일이 잦아지고 있어.
햇빛을 피하면서 그림자를 보기에 공원만큼 좋은 곳도 없지.
아까부터 땡볕에 앉아있는 존 레논을 보고 있는 중이야.
그는 길게 다리를 꼬고 의자에 비스듬하게 앉아있었는데
그의 발치에는 'Imagine' 가사가 적혀있어.
그는 죽어서까지 이렇게 평화를 갈구하고 있었어.
우리가 끝없이 '반전'을 외치는 것은
평화가 없거나 혹은 위협당하고 있기 때문이겠지.

언뜻 생각하면
사회주의 국가에서 자본주의의 아이콘인 비틀즈를 받아들일 수가
없었을 거야.
그래서 혁명 성공 이후 카스트로는 존 레논의 노래를 금지시켰던
것일 테고.
이유야 어떻든 "음악이 강물처럼 흐르는" 쿠바에서 노래를 금지시
킨 일은 정치적 이념이 사람을 얼마나 치졸하게 만드는지를 여실히
보여준 것이라고 생각해.
그러나 비틀즈와 결별한 존 레논의 반전 행보와 저항 노래로 카스
트로는 2000년에 존 레논 노래를 해금시키게 돼.
뿐만 아니라 2000년 12월, 호세 마르티 추모 콘서트에서 그의
동상 제막식까지 열게 되는 거지.
노래가 굶주린 배를 채워주지는 못하지만
음악이 따뜻한 잠자리를 만들어주지는 못하지만
그로 해서 우리가 조금 더 나은 세상을 살 수 있는 것만은 분명한
사실이라 생각해.

전쟁이 없어지고 평화로워지면 우린 평화에 대한 이야기를 하지 않
겠지.
다만 평화를 살고 있을 뿐.

그리고 더 이상 이런 노랫말은 쓰지 않아도 좋겠지.

"국가가 없다고 상상해 봐요
그다지 어렵진 않을 거예요
신념을 위해 죽이지도 않고 죽일 일도 없고
또 종교마저 없다고 상상해 봐요
모든 사람들이
평화 속에 숨 쉰다고 상상해 봐요 그대

나를 몽상가라고 하겠지요.
하지만 나만 이런 꿈을 꾸는 게 아니랍니다.
그대 언젠가
우리와 함께 하길 바랄게요.
그러면 우리의 세상은 하나가 될 거예요."

그런 몽상가라면 나는 얼마라도 좋겠어.
모두가 이런 몽상가가 된다면
평화는 훨씬 더 가깝지 않을까.

어떤 일로 작지 않은 실수를 한 적이 있었어.
절망감에 한동안 좌절했고 그로해서 슬펐지.
괜찮아,
별거 아니네,
그럴 수도 있지 뭐,
시간이 지나면 좋아질 거야,
누구나 그럴 수 있어,
여행을 가보지 그래.
친구들의 많은 위로가 있었어.
그건 고마운 일이었지만 위로가 되진 않았어.
그때 네가 그랬었지.
나도 그랬던 적 있다고.
그 말이 나의 좌절을 얼마만큼 떼어갔어.
내 슬픔을 슬쩍 네 곁으로 옮겨놓았다는 것을 알 수 있었지.

희망을 함께 키우는 것보다 절망을 나누는 일,
격려를 하는 것보다 통증을 나누는 일,
기쁜 일에 함께 웃는 것보다 슬픔을 함께 우는 일은 아무래도
불편하잖아.
그래서 네 슬픔은 눈물이 나
네 아픔이 내 상처가 될 수는 없는 거지.
위로는 쉽지만 절망을 나누긴 쉽지 않아.
절망을 나누는 좋은 방법은
내 절망을 보여주는 게 아닌가 해.
나 혼자만의 절망이 아니라는 것을 알았을 때
우린 힘을 얻는 것 같아.
혼자가 아니란 건 그 어떤 위로보다 큰 거니까.

아픔을 나누는 일

≈ 100% Cubano ≈
AL RI
SA

Hasta la
victoria
siempre

ANTONIO
RENE
FERNANDO
SERALDO
RAMON